散场了

尚思伽 著

北京大学出版社
PEKING UNIVERSITY PRESS

小 序

陈徒手

思伽是相处多年的报社同事，学识渊博，待人诚恳，做事认真。此次她的剧评影评结集出版，承蒙她的抬爱，让我写一篇小序，我是影剧的门外汉，接到此任务，荣幸之余，但又真是十足的诚惶诚恐。

作为同事，我们都知道思伽是一个地道的戏剧迷，下班了若能有一出好话剧看，上班时都是满怀欣悦、笑意盈盈。从《散场了》文章序列看，像2004年5月观看爱尔兰Gate剧院《等待戈多》、9月看以色列卡美尔剧院，都是她个人观剧史上最为惬意的美满日子，至今我们还记得她变得絮叨、逢人说戏的场景。

我们观戏多半是看热闹,散场后也疏于思考什么,忘掉的东西居多。从这个也可以反证,思伽对戏剧的热爱超乎常人,多年来北京剧场对她的熏陶已然是一种沉入肉骨的学养,有自己独一份的挑剔眼光,在专业评判上有取舍有见识,其气场有别于那些学院、科班出身的评家。每次有热点剧目上演完,我们更愿意读思伽及时而透彻的剧评,让自己的观剧感受有一个定性和着落。有的时候没有到现场观剧,读她的剧评也是一种解渴般的间接感受,多年受益匪浅。

思伽性情平和,少见愠怒,她稍许的不快只是偶尔表现在静默上。但是在她的评论文字里,她的锋芒却可以毫无顾虑地毕露,下笔也蕴含几声风雷。郭德刚正热时,她写了一篇《郭德刚为何不能令我发笑》,近乎是当时唯一找刺的评论,在那样人人称好的氛围中敢于讲一点逆耳的道理,也是需要一点反潮流的勇气。此篇文章后来获得北京新闻奖,算是新闻评奖中难得的"异类",也可看出文章后续的影响面之广之大。

重读《散场了》,最深的感觉就是作者的思考不是简单的一个点,也不是浮光掠影地说一些印象,往往在更高的层级上展开问题谈论。她的评论文字不长,但却格外筋道,越嚼碎越有滋味和绵长。譬如她时常议论"外国演员是怎样训练出来的"这个话题,对外国演员赞叹有之,对中国表演者却有恨铁不成钢的感慨。爱尔兰 Gate 剧院《等待戈多》登场者不过四个人，但让作者难以释怀："竟然使一个空荡荡的大舞台生机盎然，他们形体准确，念白清晰，举重若轻，毫不做作，就连送信少年也无可挑剔，让人从眼睛、耳朵一直舒服到心里。"由此发出深沉的疑问："为什么许多中国演员会把声嘶力竭的念白和砸夯般的笨重动作当成话剧表演？"她指出中国演员可怕的"三板斧"："他们中的大多数一上舞台总是给人松散的、晃来晃去的感觉，爆发就大声疾呼捶胸顿足翻来滚去，抒情就像诗朗诵般抑扬顿挫，还有一种时髦风气是孟京辉戏剧式的招牌念白。"

我能体会到思伽对中国演员欠缺的不满情绪，她在多篇文字中反复阐述，就是焦急于技术活的缺练和不觉悟。她写了这么一句大实话，却道出行业一个亟须解决的大通病："因为他们的技术，还没有达到能让观众听上去像日常表达。"

思伽的评论文雅而舒展，行文多有平实，也有让人喜爱的警语。她也注意让文章的背景面更宽广，讲到契诃夫等名家剧作时分析得纤细而有用。她所下的断语有分量，恰如其分，批评得也很到位妥当，譬如说："戏剧的文学性是林兆华导演的一个软肋"；冯远征演《哗变》"情绪上的回转不够"；形容话剧《白鹿原》"用春宫笔法描写男女，用漫画手法绘制革命"；等等，都是出神入化之处，值得朋友们回味不止。

只是可惜的一点是,思伽写剧评影评只是客串,写得过少。盼望她以后能够多看多写,继续贡献她的才识,这既有益于她自己平生挚爱的戏剧事业,也让我们大家在浮躁的生活里从中受教。

目 录

无声戏

荒诞剧原来这模样	002
天边外的契诃夫	008
甜美《安魂曲》 无关契诃夫	020
《切·格瓦拉》：一个记忆的标本	024
郭德纲为何不能令我发笑	028
不必要的丧失	032
有感情朗读剧本	039
逐白鹿	044
披着羊皮的狼	047
一时之快	051
理智战胜瞌睡	055
俄国式乡愁	059
物是人非说《哗变》	064
话剧走在小路上	068
麻袋戏和礼服戏	072
如同英超和甲A	077
假如人艺学学百老汇	082

我，是我一生中无边的黑暗	086
《万家灯火》重燃，宋丹丹真亮	090
"云门"开启 《水月》无情	093
死于笑声	096
林大将军横刀立马	101
坐在剧场看电视	105
创新如旧	112
把所有的掌声献给演员	117
中国有戏	122
浮生觅曲　古今同梦	127
WM：剧场考古	131
在《操场》边醒来	136
老天赏饭吃的人	140
光荣骑士	145
飞吧，海鸥	149
梦寐之光	157
笑，是一所大学	163
硬邦邦的契诃夫	168
"面子"问题	172

旧时影

共和国的黄昏	178
多余的话，关于《金刚》	182
是金子也不发光	
——从《英雄》到《满城尽带黄金甲》	187
格雷厄姆·格林的预言	197
布拉格精神	200
原来都在向《英雄》致敬	206
"二老"满意《集结号》	210
只谈风月，不谈风云？	215
长江七号，一个冬天的童话	223
《赤壁》多少事　都付笑谈中	226
身体在说	230
要疯狂，更要理性	236
宣传是门艺术	240
潘多拉星球，或潘多拉匣子	245
他走了，偷走了我们的梦	250

后记　　　　　　　　　　　　　254

无声戏

荒诞剧原来这模样

5月13日晚,首都剧场的舞台上只有一棵枯树,一块石头。黯淡的灯光下,爱斯特拉冈费力地脱他的靴子,然后弗拉基米尔走过来,这两个最著名的流浪汉开始东拉西扯,与观众一同等待着始终不会出场的戈多。这是爱尔兰Gate剧院的《等待戈多》,让我第一次见识了荒诞派戏剧的真正面貌。

开演之前,我和同伴看着人艺门口的海报,猜测那个张开双臂、神情有点疯狂的人是剧中哪个角色。我们都猜是爱斯特拉冈,因为另一主角弗拉基米尔应该是个"相对理性"的人物。结果我们错了,海报上竟然是幸运儿。后来我发觉,这个错误源于从前中国版《等待戈多》的演出风格留下的印象。Gate剧院的演出令我对贝克特这出"荒诞派"名剧豁然开朗,同时也意识到从前看过的中国版本比"荒诞"走得更远——简直已经到了"荒唐"的地步。

1998年任鸣导演的《等待戈多》和林兆华导演的《三姊妹·等待戈多》我都看过,但我从未意识到这是一出喜剧,至少是要用喜剧的方式去表演。爱斯特拉冈和弗拉基米尔闲得无聊、相互斗嘴的饶舌表演,掉了裤子、换戴帽子的幽默段落,正是对爱尔兰传统喜剧的模仿(方式有点像中国的相声),演员甚至做出了杂耍艺人抛接物品的手势。波卓盛气凌人的派头,幸运儿胡言乱语的大段独白,

《等待戈多》
1998年 人艺小剧场
导演:任鸣

无声戏 | 003

喜剧色彩也十分鲜明。正如荒诞派剧作家尤涅斯库所说："喜剧性是对于荒诞的直觉。"

喜剧表演方式剥掉了从前国内笨重的版本留给我的混乱印象，那些看似毫无意义的台词，第一次清晰地浮现出了它的内涵。笑料之轻，衬托出主题之重，使这场漫长的等待变得更加令人绝望。观众接连不断的笑声证明，《等待戈多》从来就不是一出难懂的沉闷戏剧，贝克特的天才赋予它绝妙的轻松效果。然而逗趣也绝不是《等待戈多》的目的，幽默成为反抗常规、自我批判和自我解救的方式，不知不觉间，斗嘴的笑料上升为抒情诗——

> 弗拉基米尔：你说得对，咱们不知疲倦。
>
> 爱斯特拉冈：这样咱们就可以不思想。
>
> 弗拉基米尔：咱们有那个借口。
>
> 爱斯特拉冈：这样咱们就可以不听。
>
> 弗拉基米尔：咱们有咱们的理智。
>
> 爱斯特拉冈：所有死掉了的声音。
>
> 弗拉基米尔：它们发出翅膀一样的声音。
>
> 爱斯特拉冈：树叶一样。
>
> 弗拉基米尔：沙一样。
>
> 爱斯特拉冈：树叶一样。

关于《等待戈多》的文本意义以及戈多的象征，关于弗拉基米尔与爱斯特拉冈、波卓与幸运儿这两组互补的人物形象，戏剧史上已经研究烂了——时间流逝的无奈，个体迷失的焦虑，相互沟通的障碍，等等，任何单一的理解都会损害这出戏的复杂性。但我觉得，尤其无法回避的是宗教信仰的困境，"拯救"这一西方文化母题，在"上帝死了"之后再次彰显了它的强大力量。全剧贯穿着众多基督教典故，幸运儿虽然大说胡话，却直接点题："……有一个胡子雪白的上帝超越时间超越空间确确实实存在他在神圣的冷漠神圣的疯狂神圣的喑哑的高处深深地爱着我们……"上帝的恩典冷漠遥远、变幻无常，使获救的希望变得毫无意义，使日常生活变成无聊的闹剧，使我们感到梦醒了无路可走的焦虑，自杀是终结等待的唯一出路，然而我们不是忘了带上吊的绳子，就是扯断了裤带，或许等待拯救根本就是我们避免自杀、凑合活着的借口，于是信仰成了荒诞，荒诞则成为我们对世界的意识，成了新的信仰。

深刻的文本要依靠出色的表演来呈现，这是戏剧的魅力所在。从当年英国皇家莎士比亚剧团的《威尼斯商人》，到Gate剧院的《等待戈多》，对比之下令我一次次对中国演员的表演方式充满疑问。外国演员是怎样训练出来的呢？《等待戈多》登场的一般只有两个人，最多不过四个人，竟然使一个空荡荡的大舞台生机盎然，他们形体准确，念白清晰，举重若轻，毫不做作，就连送信少年也无可挑剔，让人从眼睛、耳朵一直舒服到心里。幸运儿那一大段著名的独白，其表演技巧比起《天下第一楼》中林连昆的"报菜名儿"有过之而无不及。为什么许多中国演员会把声嘶力竭的念白和砸夯般的笨重动作当成话剧表演？在我看来，这种方式与演员的投入程度无关，相反，它容易营造虚假的气氛，强迫观众去接受，优秀的戏剧容不得廉价的感动。

相对于国人日益豪华的舞台制作，《等待戈多》的布景和灯光都过于简单了，这是由剧本决定的，创作者严格遵守着贝克特的舞台提示。记得当年任鸣导演的《等待戈多》，是不惜把舞台布置成酒吧的。如今中国的话剧制作，有一点钱的，气派都不小，传统派搭景求逼真，布光追变幻，先锋派大用多媒体，或者把马牵上舞台，让水倾泻而下……当然，只要与剧作契合，这些都无可厚非。不过《等待戈多》至少提示了我们，一个花不了什么钱的舞台同样可以生气勃勃。话剧舞台不是晚会演播厅，更不是张艺谋拍电影搭景，钱未必能砸出一个有灵魂的舞台，华丽的外衣有时反而伤害空间的深度。

爱尔兰人或许性格非常直率。《等待戈多》的导演在演出前面见媒体，直言不讳地批评了任鸣导演的版本。他对戏中加入音乐和舞蹈感到不可理解:"怎么能这么演呢?贝克特如果在世,是绝对不会允许的。"

《等待戈多》有两次演出很著名。1953年在巴黎的首演(贝克特写《等待戈多》用的是法文)是法国知识界的一件大事,观众之一、哲学家福柯将这出戏视为他大彻大悟的转折点,是他这一代人突破由"马克思主义、现象学和存在主义构成的地平线"的契机。另一次演出是1957年在美国圣昆丁监狱为囚犯们举行的,犯人出乎预料的热烈反应使剧团成员大松了一口气,犯人们说:"戈多就是社会,是外面的世界。"

经典剧作的排演与观看,有许多角度,可以千差万别。但是像任鸣导演那样,将剧场改成酒吧,将角色"创新"为女性并载歌载舞,并名之曰"当代年轻人的角度",我想是一个要不得的角度,我们没有必要把荒诞的喜剧演变成荒唐的闹剧。

2004年5月19日

附记:本书中《等待戈多》的引文,皆出自施咸荣先生译本。

天边外的契诃夫

1904年7月15日,在德国巴登威勒养病的契诃夫垂危。他用德语对医生说:"我要死了。"他拿起一杯香槟酒,带着奇特的微笑看着妻子克尼碧尔:"我好久没喝香槟酒了。"他把酒一饮而尽,向左侧一翻身,永久地沉默了。

契诃夫的灵柩放在一节运牡蛎的火车车厢里,由妻子护送回莫斯科。送葬者不超过百人,队伍中,有人打着花哨的领带,谈论着狗的智能和舒适的别墅,很像契诃夫又写了一篇小说。以幽默小说起家,平时好开温和玩笑的作家,获得了一个喜剧性的结尾。

那年1月30日,莫斯科艺术剧院首演了契诃夫最后一

首届中国国家话剧院国际戏剧季——永远的契诃夫
2004年9月
《普拉东诺夫》 国家话剧院 王晓鹰导演
《安魂曲》 以色列卡梅尔剧院
《樱桃园》 俄罗斯国立青年剧院
《契诃夫短篇》 加拿大史密斯·吉尔莫剧院
《樱桃园》 林兆华戏剧工作室 林兆华导演

部作品——《樱桃园》。契诃夫或许自己也不很清楚,他写出了一部什么样的剧作。演出前他照例地心神不定,建议丹钦科用三千卢布,一次性买断剧本。丹钦科拒绝了:"我给你每季一万个卢布,这还仅仅是艺术剧院的,不包括别处。"

其实,《樱桃园》在排练时,契诃夫就不太满意。首演那天,是契诃夫的命名日,剧院为他举行了隆重的庆祝会,而演出只取得了一般性的成功,观众的掌声更多的是给予站在台上咳嗽的作家,人们似乎意识到他已时日无多。而对《樱桃园》的热情,很快就消退了。

一百年过去了。

今年9月,空空的砍树声、天边外神秘的弦裂声,又在北京响起。国家话剧院以"永远的契诃夫"为主题,举办了国际戏剧季。其中有两出《樱桃园》,一出来自俄罗斯国立青年剧院,手法是所谓的"传统";一出是林兆华导演的新作,继续着他一贯的"实验"。一百年间,《樱桃园》和其他契诃夫的剧作,已不知被演出了多少次,逐渐被雕琢成戏剧史上最晶莹透彻的宝石。然而,在中国,对契诃夫的理解似乎刚刚开始,这是本次戏剧季令人难忘的贡献。

理解的难题之一是"喜剧性"。契诃夫的剧本里,有那么多惆怅、失望、痛苦,有灰色的卑微的生活,有焦虑的无奈的停滞,有永远无法抵达的梦想,有人失去了一切,有人浪费了一生,有人杀人,有人自杀,那为什么它们还是"喜剧"?这样的"喜剧"对中国的舞台一向是陌生的,包括多年前莫斯科艺术剧院的总导演叶甫列莫夫为北京人艺排演的《海鸥》,总让人感觉不是那么个滋味。然而,喜剧性是理解契诃夫的一个基础,如果仅有对小人物灰色生活的同情,仅有俄罗斯式的传统的"含泪的微笑",就不足以理解契诃夫开启现代戏剧之门的意义。

高尔基在回忆文章中记载过契诃夫的一件轶事。有位太太,"模仿契诃夫的样子"跟契诃夫谈论生活,她说一切都是灰色的,没有希望,充满苦恼,好像是得了病。契诃夫深信不疑地说:"这是一种病。用拉丁语说,就叫morbus pritvorialis(装病)。"

这个故事是契诃夫戏剧很好的注脚,包含着他看待生活的独特方式。他对生活的琐碎煎熬,对人生的无力感有深入的体察,对美好的梦想,对"几百年以后"的生活有动人的期待,但同时他又能意识到这种原地踏步的无力感中包含的矫揉造作的成分,那是人性固有的缺乏自我认知能力和行动能力带来的矛盾,是人性的自怜自艾,自己找罪受、折磨别人也自我折磨的企图。契诃夫不会忘记嘲讽人类这种"装病"的天性。

契诃夫的剧作中,明确标示为喜剧的是《海鸥》和《樱桃园》。有些角色的喜剧性是一目了然的,比如《樱桃园》中造作的仆从们,杜尼雅沙把自己当小姐娇惯,雅沙觉得自己是高雅的巴黎人,管家认为自己是大情圣,还有"与时俱退"的老仆费尔斯,会说腹语、会变戏法的古怪女教师……他们带来最表层的喜剧效果。有些东西却是暗藏的。比如《海鸥》的主线,纯洁的青年梦想破灭总是令人叹惋的,尼娜投身于爱情和事业却被遗弃,特里波列夫因对创作和生活失望而自杀。但换一个角度看,尼娜不过是一个不谙世事、爱慕虚荣的文艺女青年,对名人有着可笑的崇拜。特里波列夫是个志大才疏的作家,被"创新的狗"追赶得走投无路。《海鸥》第一幕中,尼娜表演特里波列夫的剧本,它既是丹钦科所说的"瑰丽的独白",充满了动人的想象气质,也是一个文艺青年大而无当的呓语,"二十万年后"的荒凉世界,还搭配着撒旦的红眼睛和刺鼻的硫黄味儿……这一切怎能不引起人心底的微笑呢?

契诃夫嘲笑一切人,因为他们软弱、自私、虚荣、吝啬、幼稚、世故、贪图安逸、夸夸其谈、百无一用、自暴自弃,他们困在自我的迷宫里,每一个人都徒有梦想,却都因为个人的局限,没能成为自己想象或者期望中的人。于是,向往上流生活的仆人成了造作的仆人,为爱情献身的拉涅夫斯卡娅不过是个依附于爱的"宝贝儿",好奢谈工作和未来的特罗菲莫夫是个毫无用处的"终身大学生"(《樱桃园》);想成名、想当女演员的尼娜因为幼稚,成了被人"闲得无聊"毁灭掉的"海鸥",想结婚、想当作家、想在城市生活的索林最终是困在自己庄园里、受制于管家的老单身汉,想爱儿子的阿尔卡基娜却用自私和嘲笑葬送了儿子的性命(《海鸥》);想去莫斯科的三姐妹还得在小城原地踏步,为自己荒废了意大利语的技能而感慨(《三姐妹》);崇拜伟人的万尼亚发现自己为一个庸人浪费了一生,并将继续像牲口一样劳作和浪费下去(《万尼亚舅舅》)……

契诃夫嘲笑个体,但不嘲笑生活,没有一个伟大的作家会对生活本身进行冰冷地嘲笑,以"人、岁月、生活"架构作品的俄国作家群更加不会。契诃夫是一个在垃圾堆般的生活里也能感受到污浊的温暖的作家,他笔下那些慵懒、猥琐的人物,多半有种天真诚挚的性格,散发着温暖的气息。他的剧中人也总是置身于温暖的乡间,烛火、茶炊、琴声、美酒、花园、湖水、落日、晨曦,诉说着美好,也增加着惆怅。这层暖色,模糊了他对剧中人的讽刺,使角色的层次更丰富,使嘲讽变得多义而不确定。性格软弱、不健全的人构成了丰富多样的生活,难以实现的愿望成就了天边外的梦想。

性格比较坚强的人,会通过改变外部的生活来改变自己内心的不幸,然而这种努力也是徒劳的。永远穿着黑衣服的玛莎一出场就宣告自己不幸福:"我为我的生活戴孝。"她不幸福是因为她爱特里波列夫却得不到回应,于是她决定结婚。"我要把这个爱情从我的心上摘下来,我要连根把它拔掉……只要一结婚,我就不会再想到爱情了,其他种种的忧虑，会把过去给熄灭了的……这究竟是一种转变。"她嫁给了最现成的追求者、唯唯诺诺的教师，从此她的不幸又加上了对丈夫、对家庭的厌憎和不耐烦。她又期待新的转变，继续用自我欺骗的方式来自我宽慰："他们已经答应把我丈夫调到另外一区去了。只要一离开这里，我就会什么都忘了……我就会把它从我心里摘掉了，这个爱情。"（《海鸥》）生活像没有尽头的河流永远继续，而幸福永远不属于正在生活着的人，无论他们是无所事事、乏力、苦闷的人，还是辛勤劳作、苦苦思索、奉献于某种理想的人。

用自己的双手去创造生活、服务他人是另一条出路，有寄托、有意义的生活也是个梦想。"我们要活下去，我们要度过一连串漫长的夜晚，我们要耐心地承受命运给予我们的考验，无论是现在还是在年老之后，我们都要不知疲倦地为别人劳作，而当我们的日子到了尽头，我们便平静地死去，我们会在另一个世界里说，我们悲伤过，我们哭泣过，我们曾经很痛苦，这样，上帝便会怜悯我们……我们要休息！我们将会听到天使的声音，我们将会看到镶着宝石的天空，我们会看到，所有这些人间的罪恶，所有我们的痛苦，都会淹没在充满全世界的慈爱之中，我们的生活会变得安宁、温柔，变得像轻吻一样的甜蜜，我相信，我相信……"（《万尼亚舅舅》中索尼娅的台词）然而，对劳动、工作可能带来的人的异化，契诃夫也不是没有怀疑。"由于他们的努力,生活的舒适一天天增长,肉体方面的需求不断增加;可是真理却还远得很,人像以前一样仍旧是最卑劣残暴的野兽,整个局势趋向于人类大多数在退化,永远丧失一切生命力。"(《带阁楼的房子》中画家和为劳动而自豪的莉达争论)

生活是有病的,作为医生的契诃夫也开不出药方,然而他意识到,梦想永远飘荡在生活之上,属于天空中某个看不见的角落,即使永远不能实现,也散发着诱人的芳香,宽慰着受苦的心灵。契诃夫敬重这样的梦想。"幸福来了,它在走过来,走得越来越近,我已经能够听到它的脚步声。而如果我们看不见它,抓不住它,那又有什么关系?别人能看到它的!"(《樱桃园》特罗菲莫夫台词)

丹钦科早就说过:"(契诃夫)的心放出同情,不是对这些人物的同情,而是通过他们,对向往着较好的人生的某些不明朗的梦想,发出同情。"剧中人无法实现的梦想汇集起来,结成闪耀着珍珠光泽的词句,指向遥远的、不确定的未来,为剧情和角色染上一层淡淡的底色,构成了契诃夫戏剧独特的抒情性——这就是"诗意的潜流"。

契诃夫最美妙之处,在于他准确地把握了人生悲喜剧之间的微妙关系。这两种因素在他的剧作中不是以孤立、分离、对立的方式呈现的,而是完全融合在一起,难分彼此,剧中人最真诚地慨叹人生的时刻,也往往是他们暴露自身弱点、显得可笑的时刻。人物的多面性、作家潜在态度的多面性造成了戏剧意旨的不确定性。由此，戏剧在一种美妙而含蓄的张力中，踏上了非英雄化、诉求不确定性的现代主义之路。

契诃夫这种复杂的"不确定的喜剧性"，把握的难度可想而知。演得稍微一偏，可能成悲剧，也可能是闹剧。它需要创作者抛开定见，对每一个人物、每一句台词、每一个停顿做最细致和深入的理解，并通过表演和舞台技巧做出精确的呈现。

莫斯科艺术剧院复排《海鸥》，首演后又曾为契诃夫办过一场小型的观摩演出。斯坦尼斯拉夫斯基扮演特里果林。契诃夫对他说："演得好极了！不过，应该穿上破鞋和方格子裤。"斯坦尼斯拉夫斯基大惑不解，因为他为扮演这个著名作家穿上了一身精致时髦的白衣服，妆化得也很漂亮。过了很久，斯坦尼斯拉夫斯基突然明白了契诃夫的意图——特里果林衣着不得体，暗示着他不过是一个有缺点的凡人，而一心崇拜他的尼娜被自己的幻想蒙住了眼睛，她不知道自己爱恋的对象不过是一个穿方格子裤的垂暮作家。对于细节考虑得越周详，就越接近契诃夫的意图，戏剧内在的张力就越大。

当然，与表演技巧相比，方格子裤还是一件次要的事情。"斯坦尼斯拉夫斯基体系"的建立，丹钦科所说的"内心体验律"，都和契诃夫剧作有着最直接的关系。丹钦科更是把莫斯科艺术剧院这一全面颠覆传统戏剧模式的新型文艺剧场的建立，自觉而明确地和契诃夫的新型剧作联系在一起。契诃夫反对"演得太多"，希望"演得再像现实生活一点"。那么，什么是"演得太多"呢？

"（演员）或者只表演情感：如爱、妒、恨、乐等等；或者只表演字句：在剧本上重要的句子下边，都划上线，然后把这些划了线的句子，强调地读出来；或者只表演一个可笑的或有戏剧性的剧情；或者只表演一个心情，或者只表演生理上的感觉。总而言之，一登上舞台，在每一个刹那，都必然要表演一点东西，代表一点东西。"

丹钦科这段话，是描述莫斯科艺术剧院所反对的旧型剧场的演员们的。但是，这么多年以后，再看这些词句，觉得它简直是今天中国舞台演员的写照。这样的表演方式，不仅不适用于契诃夫的剧作，对于一切剧作都可以说是一种戕害。本次戏剧季中方的剧目《普拉东诺夫》和《樱桃园》，表演的失败都是显而易见的，而来华演出的俄罗斯国立青年艺术剧院、以色列卡美尔剧院、加拿大史密斯·吉尔莫剧院，则在表演的不同方向上作出了示范。

迄今为止，"斯坦尼斯拉夫斯基体系"依然是训练演员最有效的手段之一。中国演员据说也是这么训练的，让人纳闷的是，他们中的大多数一上舞台总是给人松散的、晃来晃去的感觉，爆发就大声疾呼捶胸顿足翻来滚去，抒情就像诗朗诵般抑扬顿挫,还有一种时髦风气是孟京辉戏剧式的招牌念白,台词滚滚而来,如背诵口号般一带而过,有时会造成某种滑稽的、反讽的效果,但演员如果永远带着这"三板斧"的痕迹,就算彻底毁了。从现状来讲,我们可以理解中国一些导演反叛斯氏传统,用新方法训练演员、整合戏剧的苦心。但是,假如我们要反对的那个传统在中国其实基本不存在呢?假如是我们误会了那个传统呢?我们是不是已经把洗澡水和婴儿一起泼到了门外?很现实的问题在于,为什么我们的演员和国外的演员会有那么大的差距?

历史有时是机遇造就的。一百多年前,莫斯科艺术剧院的创立,是对当时以皇家小剧院为代表的旧剧场从剧作、舞台、表演到管理模式,甚至后台建设的全面颠覆,其中包括打破旧剧场以名角为核心的演出体制,确立导演中心制的原则。丹钦科、斯坦尼斯拉夫斯基、契诃夫三个人的相遇,促成了这一戏剧史上的重大变革。丹钦科是杰出的文学批评家、戏剧教育家兼胆大心细的剧院经理人,但舞台实践的经验相对弱一些;斯坦尼斯拉夫斯基是经验丰富、富有创造力的导演兼演员,但对文学性很强的剧本没什么理解力;契诃夫是新型剧作家的代表,但对演员和舞台有些不切实际的想法。

一百余年的探索不断变更着戏剧观念,"第四堵墙"拆下来还是砌上,真实感或者间离感,以及舞台形式的种种革新，早就不是问题。但是仅有形式的创新，最终会使形式原地打转，即使在地上钻出一个深洞，也不过是让不同作家、不同类型的剧作都掉进这个洞里，彼此变得没有区别，同时隔绝了人们的视线。导演中心制无论走得多么远，导演也不可能代替演员到舞台上去向观众陈述他的理念和意图，再有创造力的舞台设计也不可能代替演员对剧本的演绎。无论何种类型的剧作，无论按哪种方式演绎，最终要靠演员来呈现。没有优秀的演员，无论遵循传统还是实验创新，一切终将是空中楼阁。

或许是年龄的关系，今天重读契诃夫的剧本和小说，倍感震惊。他自然到毫不着力、看不出技巧的技巧，他采自日常生活、又似天外飞来般妙不可言的人物语言，他对于"现实世界的抒情本质"的阐发，都足以帮助我们回到源头，整理被20世纪文学清洗过的头脑，激发起对小说本质和文学理想的重新认识。而且，举目四望，竟然发现身边到处是契诃夫笔下的人物，无数的罗伯兴、普拉东诺夫，无数的妮娜、玛莎在日常生活中来来往往，甚至自己的心理动机和行为逻辑，也早被契诃夫剖析过了，这种愉悦、羞愧和恍惚的感受也是微妙难言。只要去阅读，去体味，"永远的契诃夫"就永远地关照着我们的内心。

2004 年 9—10 月

甜美《安魂曲》 无关契诃夫

以色列卡美尔剧院的《安魂曲》早有口碑,那是2004年,国家话剧院以"永远的契诃夫"为主题举办了国际戏剧季,《安魂曲》是参演剧目之一,好评不绝于耳。

时间越是流逝,契诃夫作品的"现代意义"就越是凸显,他不仅作为一个"经典作家"存在于文学史和戏剧史,而且不断地为后来者提供着新的可能。现代戏剧对契诃夫作品多层次的阐发,意味着既会有人沿着丹钦科和斯坦尼斯拉夫斯基奠定的道路前行,小心翼翼地加入个人理解,不断地为经典增加不同的演出版本;也会有人将契诃夫变形,其中的优秀之作,能将契诃夫作品不露痕迹地加以移植,通过创作者的个人经验和文化传统将契诃夫变得面目全非,但依然感人——比如《安魂曲》。

《安魂曲》取材于契诃夫的三篇小说:《苦恼》《洛希尔的提琴》和《在峡谷里》。剧本对小说做了大幅度的删削和融合:《洛希尔的提琴》只留下一半内容,雅可夫作为小提琴手的情节全部砍掉,他和犹太乐手洛希尔的关系自然也略过不提,他只是个每分每秒都在抱怨自己遭受了损失的棺材匠,直到一生受他虐待的老妻和他自己的生命将到尽头。《在峡谷里》里也只取了一个最悲惨的情节,无辜的婴儿被人用开水恶意烫死,年轻母亲抱着死婴去求诊。同一辆马车接送老棺材匠和年轻母亲去简陋的诊所——赶车人是《苦恼》的主人公,刚死了儿子,可是乘客们都忙着谈论自己的事,没有一个人要听他讲话,最后他只能向那匹瘦骨嶙峋的马诉说心中的痛苦……黑袍人扮演的圆月犹如死神,引导着马车在阴阳两界奔波;衣衫褴褛的天使动作轻柔,给予死者和生者温柔的慰藉;车上的乘客和妓女全未察觉到死亡的阴影,依旧放肆地挥霍着生命……

《安魂曲》放弃了契诃夫小说的丰富性和批判性,除了棺材匠雅可夫夫妇有比较鲜明的语言和动作,其他人物的性格都很抽象。它只抽取与生死有关的内容,而且把它由人间的痛苦概念化为形而上的生死。人生中的荒谬、不公、压迫他人、遭受凌辱,以及美妙的回忆、天真的笑容,最终都在乐队的歌咏和天使的抚摸中汇聚为同一个结局——死亡的阴影在舞台上绚烂的花瓣中消散,永恒的安宁即将到来。

《安魂曲》借助于空灵的舞台,带有表现主义色彩的表演方式,以及台角小乐队的杰出演奏,形成了一种非常凝练优美的抒情风格。它很煽情,但并不过分,恰到好处地让人沉浸其中,辛酸将被抚慰,痛苦终有报偿。

不过,《安魂曲》的抒情性与契诃夫小说的抒情性已经不是同一样东西,它变得轻盈、甜美、飘逸,讽刺性几乎荡然无存,批判的力度也谈不上。它看似有深度,但其实比较简单,没有契诃夫对冷漠恶行强烈而含蓄的批判,也不像契诃夫那样千回百转五味杂陈(只要看一看《洛希尔的提琴》,就可以了解契诃夫怎样不断地让抒情性和讽刺性相互颠覆)。它借助于契诃夫,其实远离了契诃夫,指向创作者自身——《安魂曲》体现的应该是犹太文化和宗教观念,与俄罗斯文化泪与笑交融的深沉凝重完全是两回事。编导者哈诺奇·列文在创作《安魂曲》时已自知将不久于人世,这首甜美、温暖、宁静的挽歌或许也是他对自己的认知、期待和承诺吧。

刚刚送走了小剧院的《智者千虑 必有一失》中那些杰出的俄罗斯演员,《安魂曲》的演员们再次令人感叹。卡美尔剧院同样奉"斯坦尼斯拉夫斯基体系"为圭臬,也再次让人见识了被这一体系训练出的演员可以拥有何等丰富的空间——并非我们臆想中一本正经的所谓"体验"。他们完全解放了自己的身体，化为老人、房子、月亮、马甚至车辕……他们的身体无比自由，却和我们曾见识过的中国演员们手舞足蹈、翻来滚去的"解放"和"自由"那么不同，因为他们拥有高度的内在控制力，身体语言精确到手指尖。

我很愿意理解我们的"先锋导演"反叛斯氏传统，用新方法（比如现代舞、比如中国戏曲，还有天知道什么方法）训练演员、整合戏剧的苦心。但是，外国戏来得稍微多一些，我不得不怀疑，那个"斯氏传统"，至少就我目力所及，在中国的戏剧教育中，其实从没存在过。

"经典拜物教"其实是对经典的伤害，创作者当然可以通过剧本改编和舞台手段让经典耳目一新。不过前提是，你最好有足够的理解力和表现力，不能为改而改。"樱桃园"可以改种苹果，但树上结的，不应是烂苹果——是的，苹果烂了，也会有不同寻常的滋味，但谁要吃呢？

2006 年 3 月

《切·格瓦拉》：一个记忆的标本

酷暑之后，零落的雨将街道敲打出几丝清凉。剧场里响起了《切·格瓦拉》的宣言，声调依旧铿锵，然而比起5年前的首演，剧场中的火药味似乎消散了不少，不再有会心的哄笑和愤怒的离席，掌声并非不热烈，但包含着礼貌。无形的距离在黑暗中悄悄弥散——也许，这距离是时光孕育的果实。

比起5年前张广天的版本，杨婷这一版的舞美要简单许多，几把凳子、多媒体加上一些简单道具而已，对双方冲突的处理似乎也不及上一版激烈——不过我怀疑这只是我的主观印象，对张版"激烈"的记忆更多地源于那时的剧场气氛。5年过去了,《切·格瓦拉》真的变温和了吗?

在中国,5年的时光,足以改变观众,改变剧场外的城市,改变城市之外更广袤的土地。然而《切·格瓦拉》的剧本变化不大。所以,当它把"3W点COM"作为时髦的对象来讽刺的时候,观众已体会不到其中的热情和机智。不过,这还不是《切·格瓦拉》制造距离的关键所在。

《切·格瓦拉》在2000年引起轰动,是因为它在某种程度上复活了活报剧的革命文艺样式,用一种鲜活的姿态介入并挑动了方兴未艾的社会论战,同时毫不避讳自己的政治色彩和煽动倾向,那些发出嘘声和拂袖而去的观众,最大程度地验证了这个剧的成功——刺激性成为观赏的第一动力,观众主动或半强迫地在政治上站队,几乎无人苛求它的艺术性。

5年过去了。社会论战在持续也在深入,左右阵营逐渐鲜明也日益复杂,而《切·格瓦拉》原地踏步。在今天,仅仅以一种激昂的道德姿态来抽象地讨论贫富分化和革命理想,就像去沙漠探险,却只带了一瓶矿泉水维持性命。无论出于什么原因,这种戏剧行动上的懒惰和滞后使《切·格瓦拉》丧失了最强有力的支点,它谈论的是一个"现实概念"而不再是现实本身,它不再是一出"活的戏剧",而是一个记忆的标本。

一个仅供观赏的标本,其缺陷是很容易暴露的。中国

《切·格瓦拉》
国家话剧院
2005年6月25日—7月10日
北兵马司剧场
编剧:黄纪苏
导演:杨婷
主演:芸忆、汤唯、聂宁、杨雪等

的"左派艺术",创造力和表现力普遍不强,这是它备受攻击和嘲弄的一个靶子。被抽空的《切·格瓦拉》,辩论无非说教,台词场景极其单调,要么是大量气宇轩昂意义重复的排比句反复堆积,要么是"在世界上最黑暗的角落,展开了艰苦卓绝的斗争"这类貌似煽情的陈词滥调。

将道德激情作为革命的出发点也是危险的,它以一种抽象的、浪漫的姿态简化了格瓦拉,也削减了革命的意义和理想的价值。而这种抽象化和简单化,正是20世纪以来,资本阵营对待革命的手段,它否认革命所蕴含的丰富的历史性和思想资源,热衷于派发专制集权或理想主义的标签。而在今天，道德激情不啻一种自我满足的小资态度，既不能衡量历史，也无法介入现实。所谓的激情，也只能是温饱之后痛饮一杯的陶醉感。

"左派文艺"的魅力在于它介入现实的能力，它取决于对现实的洞察、灵活的策略，而自身的表现力和美感也是极为重要的一环。远的，鲁迅的杂文、珂勒惠支的版画、布莱希特的戏剧，都是经典例证，它们永远不会因时光的流逝而泯灭。近的，还有达里奥·福，他从不停滞的戏剧活动，他对喜剧功能的理解，他带有民间杂耍色彩的表演方式，证实了戏剧依然是介入现实最灵活、最有效的艺术手段。如何恢复戏剧的社会功能而不是仅仅让它停留于"舞台艺术"，达里奥·福是"格瓦拉"们的榜样。

窗外依旧是黑色的夜，时光在空间中沉睡。我并不因重看《切·格瓦拉》而失望，反倒有些庆幸，两版《切·格瓦拉》之间的距离，标示着5年来变动的道路。我相信，这道路还将延续下去，不断地召唤更鲜明、更有力的坐标。

2005年6月27日

郭德纲为何不能令我发笑

看德云社的相声专场,不笑是不可能的,除非面部神经萎缩。不过我也有笑不出来的时候——至少有两次,都是德云社领袖郭德纲在台上。

郭德纲的技术,至少在我这个外行看来,是真好。嗓音亮,底气足,台风稳健,即兴能力强。身边还有"钢丝"给讲解,说相声有"帅、卖、怪、坏"四路,有人只走一路,而他是条条大路走得通,说学逗唱无所不精。

让我笑不出来的,是段子的内容。第一次,是在天桥乐茶社,先是徐德亮和高峰开说,徐下套,让高叫出"爸爸""爷爷"之类的,乘机答应了占便宜。然后郭德纲上

2006年北京新年相声大会
——德云社·郭德纲专场
2006年1月11—12日
解放军歌剧院
主演：郭德纲、于谦、曹云金、刘云天、何云伟、李菁等

场，教育了高一通，又亲自出马给高找面子，结果也免不了把自己扔进去，让人占了便宜。整个段子就是"爸爸——哎"，"爷爷——哎"，"儿子——哎"，全场爆笑，而我纳闷。

于是我一边纳闷一边说服自己。这是个老段子，相声的传统内容之一就是拿伦理开玩笑吧。中国人重伦理，所以相声偏偏要拿这个消遣。

转眼到了本月11日在解放军歌剧院的专场，慕名而去有一半为的是郭德纲那个著名的原创相声《我这一辈子》。这个段子里，郭德纲给自己找了个"女朋友"，不过，

无声戏 | 029

是个"斜眼"。因为她的"斜视",抖出了许多包袱,全场爆笑。搜索记忆,我不敢说自己一直板着脸作正经状,但肯定有什么东西觉得不对了。

不久是一个返场的小段子。说的是一个女孩,长得奇丑无比,令所有人避之不及。她被坏人绑架了,一露脸,连坏人也吓慌了,忙不迭要放她回去。她偏偏还没羞没臊,嚷嚷着要和人"结婚"。结果坏人崩溃了,死伤惨重。还是哄堂大笑。我能肯定的是,听到这里,我再也笑不出来了。

郭德纲相声是以恢复相声传统、还相声本来面目为号召的。传统里当然有N多好东西,但谁说它里面没有糟粕?拿伦理开玩笑,我个人不喜欢,但尽量理解。不过,拿人的长相和生理缺陷开玩笑——而且是女性,我受不了。这样的东西,低级。这种笑话背后的意识,并非没有"传统"。

在我看来,郭德纲最出色的一点是恢复了相声的剧场传统。天桥乐茶社那种水泼不进的观众密度,嗑瓜子剥栗子的轻松氛围,台上台下即兴交流的活泼态度,真是让人难忘。但是,这并不意味着,台上所有的段子,都是值得喝彩叫好的对象,都是应该被继承和发扬的"传统"。

不由想到,若干年前,前英格兰国家足球队主教练霍德尔用"因果报应"来谈论残疾人,结果舆论大哗,他道歉无用,遭到解雇。类似的事出现在中国会怎样?我怀疑,我们的"传统"对这种事闭上了眼。

我无意以偏概全,给郭德纲相声扣上个"低级"的大帽子,过度的"精神洁癖"也无非一叶障目。那么退一步讲,不怎么"高级"的东西,其存在是否也合理呢?不是也有许多更加过分的黄色二人转在演吗?

也许。反正从社会心理的角度讲,有一个万能的词汇叫"发泄",再下流的东西也能从中寻找它的合理性。更何况,在我们的时代,感官享受的地位大大提升,所谓做人要讲"真性情",而"克己复礼"才是已经被消灭的传统,一讲道德,多半要担上虚伪的嫌疑。

但我还是不安。为我那或许也曾发出的笑声,也为剧场里的观众——不分男女——那种毫不做作的开怀大笑。无论是什么,不问意义,只要能笑就是好的——真是这样吗?笑就那么重要?不管是什么在使你发笑?

2006年1月20日

不必要的丧失

在江苏省昆剧院的《1699·桃花扇》上演前夕,看过一篇对傅谨先生的采访。当记者就有关戏曲导演一事提问时,傅先生说:"中国戏曲怎么会有导演呢?到现在我都不知道导演在戏曲里是干什么的……"那时我深以为然。

近些年,不少引起关注的戏都多了一个"导演"的名目,而且常常由著名的话剧导演来担任。比如,林兆华导过京剧《宰相刘罗锅》《兵圣孙武》《连升三级》《杨门女将》;以话剧《商鞅》成名的陈薪伊导过京剧《贞观盛世》《梅兰芳》《袁崇焕》、黄梅戏《徽州女人》;李六乙走得最远,把《穆桂英》《花木兰》搬进了小剧场。

话剧导演介入传统戏曲，或者说戏曲"借鉴"了话剧手法，总是被媒体描述为"突破"和"进步"，是戏曲"革新"的体现——包括创作，也包括市场，似乎话剧手法具有某种不言自明的"先进性"，似乎话剧导演可以凭他们的才华、经验和名气，为传统戏曲赢得更多的观众。而戏曲和其他艺术形式嫁接，成了最现成的"创新"方式，于是有了"交响京剧"《杨门女将》、"京剧交响剧诗"《梅兰芳》、配以郭文景音乐的《穆桂英》等等。这些作品我只看过《穆桂英》，那戏词、音乐、唱腔，那个一心想"做女人"的穆桂英，以及舞台上撒满玫瑰花瓣的浴缸，实在不敢恭维。其他的没看过，不好妄议。

我一直以为，除了李六乙导演那样的"先锋"追求，其他导演在戏曲中的作用无非是统筹一下舞美灯光之类。传统戏曲以演员为核心，有千锤百炼的表演程式，没给导演留下什么空间。导演的存在，多半是为了媒体宣传和市场效应。直到我看了田沁鑫导演的《桃花扇》，吃了一惊——这出戏可太有导演了，处处是田沁鑫的风格，甚至可以把它理解为一出田沁鑫话剧，只不过台词是唱出来的。

田沁鑫是一个聪明而有才华的导演，她对昆剧《桃花扇》的改造，表现出了对这一古老剧种的尊重，相当的细腻。再加上江苏方面足够的资金投入，江苏省昆四代演员的同心戮力，《桃花扇》委实是今年不可多得的好戏。典雅的舞台风致嫣然,摇荡的唱腔动人心魄。而且,像从前的话剧《赵氏孤儿》一样,田沁鑫再次显示了她把握沉痛、悲壮、惨烈这类沉重主题的能力,传达了孔尚任以儿女情写兴亡事的主旨。我相信,田沁鑫改造的这一版《桃花扇》,能够赢得观众,特别是比较习惯"看戏"而不是"听戏"的"年轻观众"——这,不就是戏曲改革的一个重要目的吗?

但我还是有疑问。《桃花扇》的改编带有鲜明的话剧痕迹。话剧本质上是一种与中国戏曲迥异的戏剧思维,处理情节、结构时空的方法不同,抒发感情的方式不同,现代话剧的导演核心制与中国戏曲的演员核心制,也有重大差别……那么,被改造后的中国戏曲(哪怕是颇有水准的改造),是变得更出色了吗?或者说,更符合"现代观众的审美习惯"吗?现代观众只能有面朝这条改革道路的"审美习惯"吗?

我怀疑。

改造从剧本开始。田沁鑫改编《桃花扇》的剧本,主要是删减人物和情节,并将原作中散在各折的戏词抽取出来重新编排。在全戏只有六出、一晚演毕的前提下,这不可避免。我曾想,《桃花扇》为什么不像昆剧《牡丹亭》或《长生殿》那样,连演三天?它们虽然也删去不少,但毕竟相对保持了原作的完整性。相比之下,《桃花扇》的人物更多，剧情更复杂，删削的程度和改编的难度也就更大。有朋友告诉我，她问过制作方这个问题，答案是，六出，一晚结束，更像"戏"。

这就涉及对"戏"的理解。昆曲在全盛时代，是厅堂式演出，并以折子戏为主。《桃花扇》或是其他经典昆剧，我想没有人关心它们的情节是怎样发展的，结局又是什么，那是不言自明的东西。听戏，品评戏词和演员水准，是观看的核心内容。所以我们的汤显祖、孔尚任们才会没有顾忌地把剧本写那么长，完全不顾及表演和欣赏的"现实需要"——这个问题是从西方现代剧场制度生发出来的，对他们而言根本不存在。

从"五四"到今天，在话剧以"先进"的姿态确立了它在中国剧坛的主流地位（与观众实际人数的多少无关）的同时，对戏剧观赏模式的需求也逐渐变得心照不宣——完整的剧情、推进的结构，在一个时空单元里完成。再加上今天的许多观众与古典文学隔绝，失去了理解情节的基础，普及剧情，也成了《桃花扇》之类剧目必须完成的任务。

大幅度的删削，对《桃花扇》原作所提供的人物的丰富性、深沉的历史感以及强烈的批判性，不可避免会构成伤害。诸如左良玉的跋扈、阮大铖的奸狡、复社文人的狭隘无能，甚至侯方域在经历了军国大事之后，从软弱轻薄到深挚真情的微妙变化，演出虽然留出了表现的空间，但离真正的生动和深入还是有差距。

然而话剧思维真正介入戏曲舞台，犹不在这些删减，而在于舞台表现方式的彻底改变。田沁鑫在舞台上开辟了两到三个表演区域，将不同的情节线索纳入同一时空，多线并进，相互呼应，凸显她要表达的主旨。

比如，崇祯自缢后的"哭主"一折。报讯者喊着崇祯驾崩的消息，穿越整个舞台，左良玉及三军将士，侯、李等才子佳人，以及马士英、阮大铖等反角，同登舞台大合唱："养文臣帷幄无谋，豢武夫疆场不猛，到今日山残水剩，对大江月明浪明……"必须承认，这个场面很有气势，达到了悲壮的效果。但这种处理手法，首先引人注意的是宏大的舞台场面，是不同区域内角色之间的映衬对比及其内在的文学想象。相应地，演员表演的空间缩小了，表演是否有感染力也不那么重要，因为，无论多么出色的"角儿"，都会淹没在大合唱中。

唱与舞，对于昆曲而言，始终是第一位的。一出戏意旨的传达，靠的是演员的技术与表现力，而不是令人产生种种文学联想的舞台手段。对舞台整体效果的追求，对文学主题的过度阐发，会剥夺演员的表演空间，哪怕导演并非有意为之。在这条道路上，演员将不再是舞台的灵魂，无论他们有怎样的表演技巧，都将是实现导演意志的工具，区别只在于实现得好或不好。

在我看来,这些年来的中国话剧所采用的种种舞台手段,其最大效用是弥补了演员表演技巧的严重欠缺。一出话剧,最能传达导演意图的,有时是舞美。一出话剧的成功,往往依赖于整体的舞台呈现,而不是演员的表演,导演在其中的作用毋庸置疑。长期在这种条件下进行创作的话剧导演,一旦转向戏曲,同样会把舞台效果作为首要追求,演员表演要服从这一追求,而不是像传统戏曲那样,戏只能通过演员的表演诞生,一切为演员服务。

中国的戏曲演员不同于话剧演员,即使比不上那些已经载入史册的大师,但长期的、严格的技巧训练应该可以保证他们整体的表现力。那些话剧舞台的常用手段,能比柯军(史可法扮演者)、石小梅(侯方域扮演者)的表演更高明吗?能比孔尚任的戏词更美妙吗?事实上,就《桃花扇》而言,我最大的遗憾就是听得不过瘾——不像《长生殿》听"闻铃""雨梦"那么过瘾。

今年第四期《读书》上刊登了傅谨先生的文章《身体对文学的反抗》,文中反复强调"四功五法"的重要性,对话剧导演基于"文学立场"及"刻画人物",对戏曲进行粗暴改造提出了质疑。而《桃花扇》让我意识到,即使是不那么"粗暴"的改造,即使是颇具观赏性的改造,都难免使我们的自成一体的戏曲传统受到损害,这种损害,这种丧失,不仅是不必要的，而且是危险的。

　　戏曲要革新，要适应现代观众的"审美要求"，而话剧导演成了被放置到最前台的改革者。这种思路的潜台词是，戏曲是古老的、落后的，话剧是现代的、先进的。真是如此吗？高飞的鸟，飞奔的豹，谁比谁更先进？可惜，这种改革思维看见的不是鸟或豹，而是它们的产地。

2006 年 5 月

有感情朗读剧本

为一部作品打星,或给出优良中差的评价,都隐含着一把标尺。比如话剧《北京人》,如果拿李六乙导演以往的舞台剧当标尺,它几乎是"最佳";如果以近期大大小小的国产话剧为标尺,它也当得起"优秀";可是,如果以《小市民》《智者千虑 必有一失》《安魂曲》等国外剧院的水准来衡量,它最多是"及格"。

现代戏剧遵循导演中心制的原则,导演的风格往往在戏中最为抢眼。《北京人》也是如此,李六乙导演苦心营造了一种沉闷、停滞、鬼气森森的精致调子,甚至不惜改变曹禺原作曾文清吞鸦片自杀的结尾,以表达绝望之无尽头。

这出戏的各个技术环节都很"搭调",保证了一出大戏的整体和谐。但很可惜,演员的表演不断让我走神。

在国产话剧的磨炼下,我觉得自己正日益成为一个信奉"表演至上"的观众。因为导演风格的实现有一个必需的前提,那就是演员的技术过关。演员是戏剧的载体,无论多么经典的剧本、多么高明的导演手段,都要靠演员来呈现。10年前我也曾沉迷于林兆华、孟京辉等"先锋"导演对舞台的探索,而现在,如果不能两全,我宁愿看一出导演手法陈旧、舞台布景老土,但剧本扎实、演员可圈可点的戏。比如《北街南院》和《屠夫》,因为里面有个朱旭;比如去年国家话剧院的《怀疑》,因为演员基本称职。可惜,如今最常见的,是一出戏动用一切手段来弥补和掩盖演员水准的缺失——当然,演员如何理解角色、如何表演,导演原则上也脱不了干系。

设想一下,莫斯科艺术剧院的《小市民》,假如没有那几个拥有魔鬼般才华的演员,而是一些台词不过关、形体不中看的演员在钻橱柜、点火苗,那么导演的意图一定会丧失依托,结果无非是云里雾里、哗众取宠。而在《北京人》中,扮演江泰的薛山一出场,我就精神一振,而女主角愫方一开口,我就感到绝望——我无意责怪演员,就像不能要求一个只能跳一米五的人跳到两米三,这不是某个人的问题,而是关乎中国话剧演员的整体水准。

《北京人》
北京人艺
2006年4月　首都剧场
原著：曹禺
导演：李六乙
舞美/灯光：易立明
主演：王斑、付瑶、薛山、张培、张万昆等

演员要理解并表现角色。这一版《北京人》中的江泰相当另类，也最出彩，他不再是传统上那个大喊大叫的暴躁家伙，薛山的表演相当沉稳，有层次，突出了角色的留洋身份，富有喜剧性。这涉及对剧本的理解。曹禺说过："《北京人》，我认为是出喜剧。我写的时候是很清楚的，写的就是喜剧。有什么可悲的呢？该死的死了，该跑的跑了。"

其实，将《北京人》呈现为悲剧或喜剧，并不重要，那是导演的个人理解，关键是要呈现得好——所以，还得回到演员身上。我们的许多话剧演员，似乎把表演理解为一种类似中学生"有感情朗读课文"之类的东西：表现抒情，必像念诗，目光蒙眬起来，语调缥缈起来；表现激动，调门拔高，声嘶力竭来回奔走；表现悲痛，则捶胸顿足，语不成声……温婉哀静的愫方，曹禺在恋爱中写下的角色，曹禺笔下最美好的女性，在《北京人》第三幕中有一大段极美的台词，结果被这样的"激动模式"变成了一个莫名其妙的疯婆子。

激动、悲痛、犹豫、惊喜，还有扮天真，生怕观众不知道你在念台词，你在表现某种情感，这就是表演吗？那么去看看那些杰出的俄罗斯演员吧，看看他们怎样用日常的语气说出激动人心的台词，怎样在大段的独白中分解出丰富的层次，怎样赋予台词变化的节奏，怎样在手舞足蹈时控制漂亮的形体，怎样在情绪激动时保持优美的嗓音，怎样在滔滔不绝时口齿清晰，怎样在窃窃私语时将每一个音节原封不动地送到剧院的最后一排……我不想再说什么理解角色，理解剧本，演员不是文学家，演员——说穿了，是个技术活儿。

我曾问一位戏剧圈内的朋友，今天我们的许多话剧演员，特别是年轻一辈，也算科班出身，可为什么连基本功都不合格？按他的说法，问题出在戏剧教育和市场环境，以及二者的恶性循环。他说，现在中戏的学生，练功能坚持一个学期的已属罕见，他们将来的出路，多半是影视剧而非舞台。再说，现在市面上有那么多像《翠花》之类的由明星、模特、主持人来演的话剧，一个个都戴着麦克风，票房还特别好，媒体也跟着起哄，学生们一看这个，还练什么基本功？

绝望之中，我还是回到文章开头的标尺问题。在目前中国的戏剧环境下，《北京人》至少是一出有诚意、有探索、严肃认真的大戏，至少是一出演员不戴麦克的话剧，我要为它鼓掌，哪怕仅仅出于礼貌和尊敬。

2006 年 4 月

逐白鹿

《白鹿原》实在命运多舛。小说为了评茅盾文学奖,弄出个删节本。去年话剧排练的中断,成了濮存昕谈论"人艺一锅粥"的导火索。好容易恢复排练并正式上演,5月31日首演之后又被责令修改。

我看的是首演之前的彩排,不知道修改后这出戏会是什么面貌。据说,修改主要针对两部分内容,一是"激情戏",二是白灵和鹿兆鹏"假扮夫妻"并"入党"那个段落。如果我说,这些戏我确实不喜欢,恐怕免不了落井下石的嫌疑。

话剧不是小说。小说写得一丝不挂很容易,而话剧将激情戏处理好要难得多。将其视为禁忌很无聊,但如何处理的技术问题却必须考虑。像《白鹿原》那样,裤带解了系,系了解,在床上翻滚的"写实"手法,实在笨拙难看,跟不久前上海来的那出《月牙儿》的嫖妓段落,可有一拼。至于那个"假扮夫妻",用心昭然若揭,观众不笑才怪。我有疑问,是因为它的调子和全剧游离,有点像戏演着演着,突然改说了相声。这种处理,是拿意识形态胳肢观众,太刻意了。如果这两部分内容真的被修改掉了,《白鹿原》失去的,将是观众的一部分笑声——这不是什么致命的损失。

《白鹿原》最鲜明的,是地域色彩,浓烈如老酒。林兆华导演这一追求得到了完整的贯彻。舞台上垒出了荒凉压抑的黄土高坡,牛羊被驱赶上场,演员们一口陕西话。狂野、激越、高亢的老腔贯穿全剧,铺排气氛并烘托着人物的命运,为开场、结尾,以及每一场的起承转合提供了有力的情绪支点。这种手法,使得全剧介于虚实之间,角色间的对白、情节的推进是实的,时空的转换则非常自由。而且,它赋予全剧一种特定的节奏,多少弥补了每场戏平均用力这一戏剧结构上的不足。

《白鹿原》是一出气派的大戏,它的剧本改编、舞美设计、导演手法,都能看出在"规矩"之下寻求突破的诚意和努力。我以为这个"规矩",也就是戏剧的基本规则,以及传情达义要倚赖的基本技术手段,在中国当前的戏剧环境下是极为重要的,远比那些不着调的"先锋"和"实验"重要。

但是,如果一部戏需要考察的不仅是技术环节,也包括它的思想内容,那么《白鹿原》的男性荷尔蒙气味颇令我感到不适。剧中的女人,不是祸水,就是傻瓜,只能是男人的欲望对象兼教育对象。另外,中国的乡土社会、宗法制度的崩溃,及其与革命斗争之间的矛盾冲突,是个相当复杂的问题。但在《白鹿原》中一切都那么简单:用春宫笔法描写男女,用漫画手法绘制革命,背后还有一层油彩衬底叫做乡土社会。作为内在意图指向历史的小说及戏剧,这种手法未免粗糙。

我对小说《白鹿原》获得的高度评价始终怀有疑问,但就话剧而言,我认为自己不应过于挑剔。像它这样结实、饱满,具备形式感又言之有物的大戏,如今实属罕见。我愿意暂时将疑问搁置一旁,放松我的思绪,去追逐那只在剧场的黑暗中奔跑跳跃的"白鹿"。

2006 年 6 月

披着羊皮的狼

如果用狼与羊的关系来比喻男人和女人、富有和贫穷、聪明和愚蠢，谁是狼？谁是羊？谁会吃掉谁？

亚历山大·奥斯特洛夫斯基的答案是不确定的，胜利者多半是披着羊皮的狼，他或她的诀窍是，让另一只羊相信自己是同类，没有任何企图。当他们脱掉羊皮的时刻，戏剧已近尾声，之后的故事任凭观众去猜想。

昨夜和前夜，继《智者千虑　必有一失》和《小市民》之后，俄罗斯年又送来了彼得·伏缅科戏剧创作室的《狼与羊》。对于伏缅科我知之甚少，据说他是俄罗斯名气极大的戏剧人，由他担任艺术总监的创作室，自1980年代

《狼与羊》
俄罗斯彼得·伏缅科戏剧创作室
2006年7月4—5日 首都剧场
原著：亚历山大·奥斯特洛夫斯基
导演：马政红

末期至今已经培养了三代学生，《狼与羊》的导演、来自中国的马政红想必也受惠于这个艺术团体。

演出前的宣传将《狼与羊》描述为"先锋戏剧"，现在看来是不准确的，它很"传统"，朴素扎实、清新流畅。导演谦逊地隐藏起来，虽然舞台上下的观演空间被有意识地打破，虽然某些戏剧化场面及细节经过精心设计（比如女地主用茶碟喝茶，不免让热爱俄罗斯文学的人会心一笑），虽然那荡漾着淡淡讽刺的诗意风格是如此完整，但你很容易忽略它们，而首先把目光和掌声给予演员们生动自然的表演。

因为同是奥斯特洛夫斯基的喜剧,《狼与羊》难免被拿来和《智者千虑 必有一失》作比较。我已经懒得再费言辞赞美俄罗斯演员的表演,现在看来,中国演员不可企及的台词、形体无非是他们的基本功。不过,这两出喜剧的风格显然是不同的,《智者千虑 必有一失》更夸张、更浓烈,足以把人笑翻,而《狼与羊》却显得清澈明净,一个个幽默的场景,犹如清流中跳跃的浪花,溅起一阵阵欢悦。

提到奥斯特洛夫斯基的戏剧,总是先冒出《大雷雨》,年长些的人还会闪过"黑暗王国的一线光明"。然而,他的喜剧同样耐人寻味。他总是围绕着家庭关系和财产关系编织情节,《狼与羊》也是如此,婚姻背后是对金钱的渴求,推动戏剧情节的是一张伪造的借据。但是,他对强烈的戏剧冲突似乎没有兴趣,矛盾解决得是如此轻易,唯有一个个性格鲜明的人物不可磨灭。在看似皆大欢喜的结局中,他达成了对所有人的嘲讽,并把他们送往那不可知的将来。

对《狼与羊》,我唯一要抱怨的,就是字幕。打在舞台两侧的字幕,或许与布光有关,模糊不清,几不可识。再加上好些交代情节的大段台词,被故意说得语速极快,字幕很难跟上,这使该剧有了一个灾难性的开场。我估计一些观众的退场,多半是因为看了许久完全不知道这出戏在讲什么。

但是,只要你有一些耐心,等到那个贫穷而有心计的姑娘脱下她的假装侍奉上帝的黑袍,披上一张温柔的"羊皮",与一个奉行独身主义的有钱男人周旋之时,好戏就开始了。

狼与羊,其实不那么容易分辨,因为大多数人,都身兼二职。

2006 年 7 月

一时之快

我一个同事，提起张广天就是六字评价："伪革命、伪民谣"。我倒没有她那么深的反感，而且看话剧一向抗打击，于是在某日上班累得东倒西歪之后，跑到国家话剧院先锋剧场去看了《圆明园》，笑了一通，想了一回，返家。

这出戏从1860年圆明园遭英法联军洗劫，一直讲到2005年湖底铺设防渗膜的环境事件。圆明园象征"梦想"，在剧中用名叫"圆明"的女子来表现。国人们小丑一般在历史舞台上变换着身份，以不同的借口，一次次摧毁了圆明园，背弃了梦想。

这个戏的基本形式，与张广天以往的作品《切·格瓦拉》之类一脉相承，依旧是"大专辩论会"，正反双方声嘶力竭，满场奔走，神态激昂。群众演员坐在通道上，举牌子，呼口号，呐喊助威。中心议题是发展与环保，富裕与贫困，贪婪与操守，不择手段的发财梦、权力狂与义正词严的道德感、价值观的对垒。

与张广天以往的戏相比，《圆明园》讽刺、搞笑的成分大大加强，说教气息相对减少，在角色设置、表演及观赏性上要饱满一些。音乐也由从前清淡的民谣转向了浓烈的摇滚，效果比较强烈。令全场笑翻的莫过于第四幕拿《无极》剧组毁坏环境开涮，"陈满神"登场，为了拍电影要把圆明园的树木涂成金黄色。在风景名胜区留下肮脏脚印的《神雕侠侣》剧组也被捎上。"陈满神"与"杨过"拿腔作势，翩翩对舞，遭馒头痛殴，活报剧那种辛辣的火药味四处弥散，看得人很开心。

张广天嗅得到社会现实的气息。话剧本应具备对周遭现实的敏感，为人们提供批判的力量和思考的深度。可放眼望去，我们的原创话剧充斥着叽叽歪歪、充满神经质想象的"都市情感"，比身边的生活还令人腻味。这种被构造和放大的"都市情感"几乎被标榜为急剧变化的社会唯一的"现实"，遮蔽了众多令人焦虑的社会问题。而张广天的眼睛，看得到革命传统、贫富分化、环境破坏，至少，他愿意针对迫切的社会现实喊一嗓子。其他的戏剧人，似乎连这种愿望都很微弱。

当然，喊是一回事，喊得怎么样另当别论。我们的创

《圆明园》
2006年7月14日—8月5日
东方先锋剧场
编剧/导演：张广天
主演：李梅、郑麟、何莉等

作一向有个软肋，就是很难把深切的现实关怀及某种政治理想和道德诉求，呈现为真正的艺术。口号式的辩论、漫画般的人物、两极化的价值观，最多是一时之快，永远无法达成批判的深度，也无法应对复杂的社会现实。像《圆明园》这样的戏是不能深想的，它漫画历史的那种简单和粗暴甚至是有害的。比如说，它用概念化的"文革"模式来讽刺五四青年，让他们大唱样板戏，就相当令我惊讶——将"文革"与"五四"挂钩这一曾经流行的学界论调，终于以一种最轻率的方式呈现出来。混乱的历史观、鲜明的批判意图、强烈的娱乐色彩以及某种诗人般的轻狂，

无声戏 | 053

古怪地搅和在一起，成就了五光十色的《圆明园》，可色彩之下，一切都是那么单薄而贫乏。

如果不深究，《圆明园》完全可以让人放松身心，过一把批判社会的瘾。散场的时候，我身边一个小姑娘大声感叹："Perfect！跟听现场演唱会似的！"我不知道，这是不是张广天期待的评价。

2006 年 8 月

理智战胜瞌睡

林兆华导演真是了不起,给了我非常独特的观剧体验。那就是看的过程中昏昏欲睡,戏演完了醒过来一想,会由衷地为他喝彩。这种感受,在看《白鹿原》的时候第一次出现,8月25日看《建筑大师》,又重复了一回。

易卜生的《建筑大师》带有心灵自传色彩,讲的是功成名就的建筑师索尔尼斯,受到野心勃勃的少女希尔达的刺激和诱惑,克服自己的恐高症,爬到高高的尖塔上去悬挂花环,终于坠地身亡。这出戏充满了象征和隐喻,欲望色彩和宗教气息也很浓,本来就不好把握,以我们现有的条件,如果按照剧本老老实实去演,那是可以想见的一塌糊涂。

当然,林兆华导演从来就不会照本宣科,跟排演《白

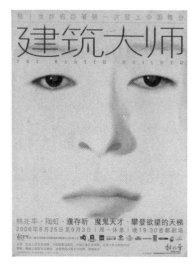

《建筑大师》
林兆华戏剧工作室
2006年8月25日—9月3日
首都剧场
原著：易卜生
导演：林兆华
舞美：易立明
主演：濮存昕、陶虹等

鹿原》一样，他找到了一种极有想法又非常精确和有效的舞台呈现方式，而且实现得很完整。他以建筑师索尔尼斯的意识流为主干构架了全剧，而其他人物，用他的话说，都是"大师的影子"。除了希尔达，次要角色的台词都被大幅度精简，而且是用一种快速、僵硬、相互叠加的方式来念白，既达成了疏离的表演风格，还弥补了演员功力不足可能造成的损失。另外，那造型简洁、色彩单纯的舞美设计也很出色，和全剧的风格相映生辉。

这分明是对经典剧作的全新演绎，极富创造性，那么，我为什么还觉得困呢？可能我是一个守旧的观众，我还是相信所谓"戏剧冲突"和"思想内涵",即便是故意杜绝角色之间的交流、高度风格化的戏剧,也还需要在文本内涵上下工夫。那样,至少濮存昕和陶虹扮演的男女主角的戏,会更为丰厚,念白会更富情感逻辑,情节推进会更有节奏感。而事实上,他们的表演,不足以呈现剧作中蕴含的极其强烈甚至有些变态的欲望挣扎。可能正是他们声调忽高忽低,听上去是一大片的台词让我想找根火柴棍支住眼眶,以便抓住台词中的精要部分和心理逻辑。

不过说实话,《建筑大师》剧本中"深刻"的内心解剖和灵魂挣扎,不断向上攀登的野心,超越自我、追求自由的愿望,我虽然能够"理解",但多少有些厌烦,厌烦这种经典的"现代主义"。它让我想起里芬施塔尔早年主演的那些"山岳电影"——向上攀登,至纯洁的所在。这类电影,或许也同易卜生的思想一脉相承?

当然,大师不会像我这么不"向上",他们要的是

《建筑大师》剧照(崔峻 摄)

无声戏 | 057

"向上"带来的深刻悲剧。易卜生的《建筑大师》,建起了一座尖塔,垒至塔顶最后一块砖的时候坍塌,悲剧由此诞生。而林兆华的《建筑大师》,稳稳地建起了一座板楼,自成一体,美观和谐。是不是板楼就不如尖塔呢?我看未必。

以上的观剧感受,是我开动脑细胞的结果。我很庆幸,理智终于还是可以战胜瞌睡的。

2006年9月

俄国式乡愁

"我抬起头望着迦南上空的苍天,寻找可以称作我的家乡的星星。我终于找到了!这下子谁也不可能再从我这里把它夺走,哪怕是挖了我的眼睛,掏出我的心肝!"

这个在异国土地上寻找故乡星星的男人名叫尤里·兹沃纳列夫,那颗星星是英娜·拉萨季娜,他们在俄罗斯剧作家亚历山大·加林的笔下诞生、相恋、重逢、结合,又迎来那命中注定的别离……这出名为…*Sorry* 的双人喜剧,就连那些令人忍俊不禁的台词,咀嚼起来也带着一丝苦味。

尤里的"犹太人"身份,是个象征,象征无根的流浪和世俗的计算。"曾经的作家"尤里离开了他的祖国苏联,到西方寻找幸福。他作为一个美国富商的翻译兼佣人重返故国,风光地抛撒美元,苦涩地咽下寂寞。

"曾经的诗人"英娜是一个纯粹的俄罗斯女人,爱幻想,却又坚韧、倔强。她有过三任丈夫,其中一个是"真正的诗人",死于磨难和遗忘。英娜历尽坎坷,失去亲人,失去住房,沦落至社会最底层,躲到太平间里登记尸体。

42岁的尤里找到了40岁的英娜。他们是大学时代的恋人。她是他的故乡,他是她的青春。他们结婚了。新婚之夜却在太平间度过——戏从这里启幕。从夜晚至清晨。那是他们飞往耶路撒冷开始新生活的前夜。

这本是一个相当荒诞的戏剧情境,然而在俄国剧作家笔下却奇异地获得了妥帖的日常性和丰沛的现实色彩,丝毫没有滑入西方作家那种难免虚张声势的形而上圈套。两幕戏在结构和情节上的对比、映衬和递进,就像夜晚过渡到清晨那么自然和鲜明。

夜晚,他们互诉衷肠,回忆和梦想照亮了阴暗的太平间,酒精舒展着去国的痛苦和生存的艰辛,两颗亦喜亦悲的灵魂相互依偎,英娜终于抛却疑虑,打算和爱人一同远走。然而,清晨的阳光再也照不进太平间,冰冷的事实逐渐暴露:酒醒的尤里·兹沃纳列夫变成了施卡·达维多维奇,从"俄罗斯人"变成了"犹太人",早已娶了一个他不爱的女人,同时接受了她腹中的孩子,以及作为补偿的一笔钱。

听听尤里的抒怀吧,在醉意荡漾的午夜,他要给自己买一张死亡证明,假设自己还能安葬在故土——

"别人在这里开始安葬我们的时候,我们已经在万米高空上飞了。我们的灵魂已经得到解脱了。"

"如果他们问起是怎么死的,你就告诉他们,是因为寂寞和恐惧死的!"

听听英娜的表白吧,在幻想破灭的清晨,她拒绝了出国这一唾手可得的"自由"——

"再见了,我亲爱的兹沃纳列夫!你像一颗陨落的星出现在这里,使我的生命增添了色彩。"

"我有我的诗。这难道还不够幸福吗?记住,尤里卡,你的妻子在俄罗斯!这里永远都会有个女人在等着你。你什么时候心里不好受了,就回来吧!"

这样抒情性的台词,只是…Sorry 中的一道道闪电,那些相当日常的对白,同样埋伏着丰富的内涵。它们犹如飞鸟,总在闯入心灵的刹那,轻盈地滑开,然后换一个方向翱翔而至,悲喜相拥,难分难辨。爱恨交加的祖国,辗转反侧的乡愁,渗入两个人的戏谑、抒情、自嘲、讥讽、争吵、静默、轻快的节奏中,一滴沉重的泪水欲落未落;伤痛的台词里,一种淋漓的解脱将至未至。

一出戏,两个人,焦晃和冯宪珍,中国话剧舞台上最

…*Sorry*
国家话剧院
2006 年 8 月 8—13 日 首都剧场
编剧：亚历山大·加林
导演：查明哲
主演：焦晃、冯宪珍

宝贵的演员。他们奉献了上佳的表演，但是离我心目中的"俄国味儿"还是有些距离。焦晃尤其显得拘谨——我无意苛求，与其说是演技有瑕疵，不如说是不可改变的民族性格导致的遗憾。我们最好的演员，也很难表达出俄国醉鬼那种放纵中的清醒，那种可爱的糊涂，那种自由的抒情状态。这种复杂的、散发着酒味的俄国知识分子形象，恐怕我们最终只能在俄国演员身上获得一种恰如其分的理解。

对于…*Sorry* 的作者亚历山大·加林，除了节目单上语焉不详的三行字，我一无所知，甚至不知道这出戏是他什么时候写的。如果是苏联时代，那么这出戏对一个即将崩溃的国家，一个即将消逝的时代，有着惊人的敏锐预感。如果是苏联解体之后，那么这出戏回望过去的沉着、含蓄和丰厚，也令人油然而生敬意。每个人都有祖国，有故乡，但鲜有人能像俄罗斯作家一样，将对故土的感情写得如此复杂而准确。俄罗斯自 19 世纪以来高度艺术化的现实主义传统，生活化而又诗意盎然的戏剧传统，那力量实在是可惊可怖。

曲终人散。剧场外雨丝飘摇，…*Sorry* 那个宁静的终场，仿佛化为细密的银线，编织着寂寞的夜空。清凉的雨溅落在手腕上，我的心被那两个消逝于剧场黑暗中的灵魂充满，百感交集。

2006 年 8 月

物是人非说《哗变》

我有个好朋友,她有两件事让我嫉妒了好多年,一是她大学念了戏剧学院,二是她看过1988年版的《哗变》,而且,她是因为看了《哗变》才考戏剧学院的。她总跟我讲当年朱旭的表演如何令她心怦怦跳,再加上评价甚好、不幸自杀身亡的任宝贤,我从来无缘目睹——《哗变》就成了我心中的一个传奇,是北京人艺巅峰时代的一个象征。

今年"十一"前后,《哗变》再度于首都剧场上演,与18年前相比,堪称亦步亦趋,物是人非。

首演那天,朋友带给我一套1988年版的VCD。比较之下,新版《哗变》是百分百复排,当年的副导演任鸣成了导演,舞台一模一样,演员也按从前的路数走,冯远征接替朱旭演魁格,吴刚接替任宝贤演格林渥,要么形似,要么音色有点像。如果不追究细节,那么在角色理解,表演风格上,就是个翻版,义正词严,典型人艺。

《哗变》是法庭戏,功夫全在台词,确实是"话"剧,要么站着说,要么坐着说。对角色的理解可以照搬,但一样的台词,不同的演员能耐就是不一样,特别是对细节的处理。比如说,比起朱旭,冯远征的表演就显得急躁和小气,情绪上的回转不够,对魁格一步步现原形的揭示缺乏细腻的层次。整出戏也是如此,台词和声调相互追赶着奔向结尾,细节处理得比较粗率,少了某种情绪上必要的延宕。另外,主要演员都出现过舌头绊蒜的失误,这也是功力尚欠的表现吧。

说实话,《哗变》没给我什么特别的感受。这出戏,结构紧凑,台词精彩,魁格这个角色写得很成功,尾声部分格林渥怒斥坐收渔利的哗变真正策动者,主题也"升华"了,好戏该有的它全有。不过,它太"正"了,缺乏某种深邃微妙的情绪,不完全对我的口味。

然而,我完全能够理解《哗变》在1988年带来的轰动,它是中美文化交流的大事。剧作者赫尔曼·沃克此前已因《战争风云》《战争与回忆》在中国享有盛名,剧本翻译是英若诚,导演是美国名演员查尔顿·赫斯顿。演出组

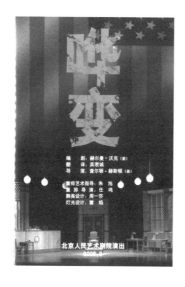

《哗变》
北京人艺
2006年9月 首都剧场
编剧：赫尔曼·沃克
翻译：英若诚
重排导演：任鸣
主演：吴刚、冯远征、王雷、丛林等

织者包括美国驻华大使夫人包柏漪，她整天泡在人艺。赞助商的名单里，波音公司、美孚石油、埃索中国赫然在目。而对人艺自身来说，这也是一出前所未有、极富挑战的"话"剧。一代英才，尽情"哗变"。倘若联想到那个时代的氛围以及次年发生的大事，哗变的就不仅是一出戏，而是整个中国。倘若事后诸葛亮地将次年发生的历史事件与《哗变》对照起来看，那可真是意味深长啊——谁是魁格船长？谁是格林渥？谁是船上的官兵？谁又是剧终时格林渥指斥的挑动哗变的幕后元凶？

《哗变》出现在1988年也许意味着某种必然，但是在今天，我们毕竟只能把它当做一出经典剧目来欣赏，它背后曾经涌动的鲜活的时代气息消退了，而我们已在美国电影里领教过太多圈套重重、唇枪舌剑的法庭戏。时移世易，作为戏剧的《哗变》不是不好，但不再新鲜。

还有些题外话。读《史记》一度不太懂，李广为什么宁愿自杀也不肯去面对刀笔吏。而《哗变》和美国电影里的律师们，让我明白了什么叫"深文周纳"。一个真正的军人，确实无法对付心机深沉、巧舌如簧的"刀笔吏"，受辱恐怕是唯一下场。所以有先见之明的李广自刎了，自视甚高的魁格崩溃了。在中国传统里，"刀笔吏"不是个好名词，但在西方，律师可是个好职业。

2006年10月

话剧走在小路上

黄纪苏先生编剧的《我们走在大路上》，我本来是准备放弃的，因为它的形式和内容想来都不会陌生。结果还是架不住人说——看过的同事中，有大为赞叹的，有看了三分之一跑掉的，我的好奇心被激发了，顺便也想见识一下还不曾光顾的朝阳区文化馆的"九个剧场"，于是赶去看戏，时值月明风高夜。

果然有意外。开场前，看到演员的外套为黑白二色，就以为还是《切·格瓦拉》那种大辩论的形式，结果却不是两大阵营，而是集体诗朗诵，更确切些，是集体排比句朗诵。多年来北京舞台（特别是小剧场）盛行的朗诵风，

《我们走在大路上》
2006年10月27日—11月19日 朝阳文化馆TNT小剧场
编剧：黄纪苏
导演：王焕青

此剧贯彻得最到家，从头到尾并无传统对白。

内容倒不出预料，是"近三十年的社会心理史"，"文革"后的苏醒、金钱至上、脑体倒挂、崇洋媚外、"股疯"直至今天的贫富分化、教育困境、医疗危机等等，一一罗列，结尾归结到"一起死，一起生，一起唱"，就算是"构建和谐社会"，好歹让大批判有了个光明的尾巴。

黄纪苏先生的激情和批判精神，我一向是钦佩并认同的，剧中的有些台词，听着也实在痛快。只是看戏的过程中，还是不断走神——我想起了鲁迅。

讽刺现实、批判甚至诅咒社会，是艺术家、思想家的天职。只是要点有三：手法、态度、深度。鲁迅的手法是独创的杂文及小说艺术，态度是将自身置于批判的对象之中，力度至今令人惊怖，讥讽、咒怨、愤怒，只是带来或轻快或浓烈的色彩，从未使他文章的分量减低一毫。

这个期待显然太高了——对于我们充斥着朗诵腔、用判断和结论来激起观众热情的舞台。我只是担心，我们似乎已不会用"艺术"的手法来思考社会，对社会问题也只能作出非此即彼的判断。

面对急剧变化的中国社会，立场是个客观现实，左中右，人至少会在内心站队，自觉或不自觉地。但是，当我们回望走过的道路，当今天的立场与历史和现实相逢，衍生出的该是多么丰沛而复杂的体验啊，而这种体验从来没能光临我们的剧场。

基于自身的立场，我欢迎黄纪苏先生的戏，远胜过那些充斥于舞台的"都市感情戏"或"白领戏"，但它们在艺术上是同样的糟糕，触到的都是我们时代最表层的东西，这实在可惜。

"真的猛士，敢于直面惨淡的人生，敢于正视淋漓的鲜血"，但鲁迅并不仅仅是这样一个"猛士"，仅有直面的愤怒和勇气，并不能造就我们的鲁迅。我更喜欢他的一句诗——"曾经秋肃临天下，敢遣春温上笔端"，在"秋肃"与"春温"之间，是艺术的创造。

主题先行的朗诵剧已经把话剧艺术带上了一条窄路，沿途的风景是单调、呆板、可以预见的。但退而求其次，有一刻我还是感到高兴。那是散场的时候，一位观众说，这出戏真好，他的同伴说，明天再看一遍。他们都很年轻。我相信，这出戏说出了他们心中的话。那么，戏剧的"教育功能"就算实现了吧。

出得剧场，一条笔直的大路横在眼前，夜风凛冽。戏剧的道路，人生的道路，从不曾这样平坦，我只有在失望之余保持一点信心，冀望将来。

2006 年 11 月

麻袋戏和礼服戏

2006年岁末,在人艺实验剧场看了《满城全是金字塔》(以下简称《金字塔》),这块招牌的来历一目了然,也许这个句式确实吉利:场次众多,座位全满,票房飘红。

其实它的英文名字 *The Pink Pyramid*(粉红色金字塔)更合剧情——总梦到美女的考古队员,一头掉进埃及吉萨高原上子虚乌有的粉红色金字塔,遭遇复活的木乃伊公主,再续3500年前的情缘……搞笑为主,恋爱为辅,古今大战金字塔。

全场爆笑。演员都没名气。我们的科班教育培养出的人有个特点,演名剧、大戏永远别扭,但一到"金字塔"

这类贺岁搞笑戏,就得心应手,活灵活现。一个朋友称这类表演为"洒狗血",话虽不中听,但那份痛快淋漓,倒也准确。

用传统标准衡量,《金字塔》根本不能算话剧,最多是小品集成,这是所谓贺岁剧共同的特点。与传统喜剧依靠剧情、角色和演员才华不同,它让大家笑,是因为小品式的方言运用、形体表达,特别是戏仿。比如模拟电视选秀评委的段落,让大家开心得一塌糊涂。《我不是黄蓉》这首大俗歌,放到剧情里也成了新鲜笑料。也许,我们生活中的笑剧闹剧已经太多了,不用提炼就能直接上舞台。

《金字塔》的出品方是戏逍堂,北京一个民间戏剧组织。关于它的坏话还真不少,一条是扰乱戏剧市场。据说,去年它包下了人艺实验剧场,自己没戏演的时候,就加价把剧场转租出去,于是激起了"公愤"。可能人艺也背不起这份怒火了,今年的包租合同就没签。可人家一转身奔了中关村,又包下海淀小剧场一年,打算在大学区落地开花。

另一条是玷污戏剧艺术。戏逍堂的作品,被归入如今弥漫市场的"垃圾戏剧"行列,偏偏还卖得特别好,让不少呼唤提高戏剧"准入门槛"的人顿足扼腕。再加上戏逍堂一副长线经营、稳扎稳打的架势,目标就比那些打游击的烂戏大得多,于是成为"众矢之的"。

剧场经营的事我不懂,完善的合同或许可以规避一

《满城全是金字塔》
戏逍堂戏剧工坊
2006年12月6日—2007年1月7日　人艺实验剧场
编剧：大鬼、张瀚予
导演：大鬼
主演：戴笑盈、予空尘、李龙等

些不良现象吧。不过相信垄断和倒卖不仅关乎戏剧，看看电影市场和"黄金甲"，会以为我们已经进入垄断资本主义了呢。

戏剧的"准入门槛"还真是个问题。现在的戏确实给人一种印象，什么人都能写话剧，什么样的话剧都能上演——只要弄到钱。如果我们的戏剧品位只局限在戏逍堂或每年贺岁的"麻花"之类的作品上，如果新创剧目中只有这类玩意儿有票房，如果观众对戏剧的认识只围着它们打转儿，那中国话剧今年既是"百年"，也可以"千古"了。

但是且慢。就算戏逍堂很糟，那些"主流"大剧、小戏又能好到哪儿去？凭什么瞧不起别人呢？

圈内人有他们的立场，但就我这个观众看来，戏逍堂红火不是天上掉馅饼，它是一套经营策略换来的。比如它以都市年轻人为目标观众，尽可能压低成本。坚持原创戏，小剧场演出，编剧、演员都没名气——主要来自电影学院（或许这是戏逍堂"戏"味不浓的一个原因，《金字塔》开场甚至有好几分钟黑暗中的对白，让人以为是在听广播）。它的布景也很省俭，《金字塔》据说已是最豪华的，也不过是够用的基础上多一些点缀，艺术风格免谈。

几年经营，戏逍堂已成品牌，它戏路轻松，风格稳定，围住了相当一批观众。散场后，我看到许多人填表争当会员，那份热闹羡煞人。一个民营戏剧作坊，能长线经营，演戏盈利，良性运转，我不知道北京市场上是否还有第二家。

但是也别掉进钱眼里，像中国电影市场那样"唯票房论"。戏逍堂的东西我只看过《金字塔》，就戏论戏，它有许多鲜活的元素，那份生动我们很多据说追求艺术的戏里根本没有。比如，若干天前，我在和它隔着几层楼板的大剧场里看李六乙导演的《我这一辈子》，那艺术追求倒是一清二楚，可惜是节奏拖沓、台词拙劣、头脑糊涂的艺术。与其听女演员在台口高喊"春风！春雨！月牙！"后背冒凉气，还不如对着《金字塔》爆笑——它既没拿艺术吓唬你，也没拿笑料胳肢你。它只是粗糙、浅陋、以笑为目的，欠缺了对笑料的打磨和提升。但也许，这就是戏剧的原始状态。今天，我们已经赋予了戏剧太多使命，用礼服把它层层包裹，一看到它披着麻袋出场，就斥之为冒牌货——当然，话剧市场上冒牌货屡见不鲜，披麻袋的不少，但穿礼服者也有的是。

还是爱穿礼服的戏剧人多。穿就穿吧，只要合体、美观，用像样的作品说话，自会有一片天地。那时大家各活各的，哪怕把戏逍堂挤垮也无妨。只是不要一味抱怨观众素质低下，或者竟看着别人赚钱嚼起"酸葡萄"。

2007 年 1 月

如同英超和甲A

拉着朋友去解放军歌剧院看英国TNT剧团的《雾都孤儿》，散场后，她说："这出戏和中国话剧的差别，就像英超和中国甲A。"

我们这帮看戏的朋友，差不多一看国产话剧就颓废，一有外国团（主要是俄罗斯和欧洲）来演出，就兴奋得品头论足，忙着比较它们和本土话剧水准的差异，几个回合下来就很烦，自己都讨厌自己这么"媚外"。只可惜，那差距实在太明显了。

就说我今年以来看的戏，1月份是林兆华导演、过士行编剧的《活着还是死去》，名导名编，如果在国内的平均水平上来衡量，可能还过得去。可要是细究，它的剧本就立不住。一个朋友说得准确："这出戏是个'高级麻花'，就是用 to be or not to be 的高级架势，弄了个'麻花'似的戏，结果比'麻花'还不如。"可能越是空洞的戏，越要端足架子吧，其实不过是一堆貌似有深度的陈词滥调。

2月份，看了人艺复排的《蔡文姬》——这个说法不够准确，因为我看了一幕就溜了。那犹如三流电视剧的台词，那陈旧而空洞的表演，实在让人难以忍受。

我越来越觉得，话剧首先是个技术活儿。中国的编剧、导演、演员等等，首先需要解决的是技术问题，然后再谈什么体验人物啦、深刻内涵啦之类的东西。就拿 TNT 来说，未见得是什么了不起的剧团，可一出手，必定在水准线以上。

狄更斯的长篇小说，浓缩为一个半小时的演出，结构清晰，台词生动，主要情节一个不落，而且不忘站在今人的立场，扶弱抑强，谴责贵族的虚伪，同情贫困造成的罪恶。布景从巡演的需要出发，简洁实用，就一个绞刑架一具棺材，都是多功能的，极为灵活，利于场景转换。演员就五个，两男三女，每人扮演的角色都在三个以上，时男时女，忽老忽少，只有趣味，没有破绽——这真是英国演员的本事，那个 BBC 的电视剧《小小英国人》，无数角色，两个男的不就全包了吗？

《雾都孤儿》
英国 TNT 话剧院
2007 年 3 月 22—24 日
解放军歌剧院

因为技术过硬，所以《雾都孤儿》有很强的游戏感，演员演得高兴，观众也看得高兴。要是我们排这么出戏——不用问，那将是多么的苦大仇深啊。

早些年，我也以为，人艺的演员是多么多么的了不起。但这些年，有了国外剧团的比照，就一比吓一跳。我这才明白，台词、形体、包括声音技巧等等，都是技术活儿，就跟我们的京剧演员，不会翻跟头做不了武生一样。

你是体验人物了，你真用功，你坐在那儿花一下午酝酿情绪，进入角色，生怕被打扰。可为什么你一上台戏还是那么烂？为什么去年莫斯科小剧院那几个大妈逛一下午街，回来进进化装间就直接上台，在台上还是那么牛？这就是技术的差距。你就是体验到抓狂，觉得自己就是那个角色，演不出来，还是白搭。

这是很简单的道理。

我们的很多演员，为什么台词总有话剧腔？总像有感情朗读课文？一到情绪高潮就大喊大叫？因为他们的技术，还没有达到能让观众听上去像日常表达。更别提那些戴麦克的明星演员。

没有基本的技术，就没有表现力可言。确实，也可以借助某些手段来完成一出戏，比如像林兆华的《建筑大师》那样用无交流的方式处理台词，比如像台湾戏《暗杀 Q1……GO》讽刺的那样来个什么"肢体剧场"，还有像《北京人》《白鹿原》那样，先用舞美把观众拍住……但这些，都不治本，都不能完成话剧跟普通观众最大程度的对接。

技术不仅是手段，本身也可以成为欣赏对象。我一个同事说，中国观众看《天鹅湖》，一看到王子伸着胳膊没完没了地转圈儿，必定狂鼓掌。古典音乐的华彩段落怎么回事？炫技嘛。高超的技巧让人愉悦，让人惊叹，然后你要传达什么思想之类的，自然就跟进了。哦，你演得让我犯困或者想逃跑，我还得为了艺术自觉地受罪？没这个道理。

所以，话剧演员应该向我们的戏曲演员学习，想干这一行，从做学生起就苦练基本功，坚持不懈。当然，这又涉及戏剧教育问题、演出制度问题，话题大了，得另说。

以上说的，都是职业演员，主流话剧。不属于这个范畴，有其他诉求的，也得另说。

4月份，纪念中国话剧百年的活动就要轰轰烈烈地展开，许多大戏要在年内相继登场。我倒觉得，与其高唱赞歌，夸耀成就，倒不如趁这个机会反省一下：100年，我们的话剧走了多远？今天的话剧有什么毛病？应该怎么改进？把这些想清楚了，才对得起这100年的岁月，中国话剧才不至于有"千古"那一天。

2007年3月

假如人艺学学百老汇

对于人艺复排的经典剧目，我的心情通常比较矛盾，主要是对表演不抱希望，中途难免走神、打瞌睡或百般不自在，可要真的彻底放弃，又觉得心有不甘。幸好，暮春上演的《骆驼祥子》是个例外。这出戏我从没看过，首演是 50 年前，上次公演也是 1989 年的事了。

满台新面孔，足足演了三个小时，未免太长，也完全有删减的余地，但我还是从头到尾目光炯炯，而不是如设想的那样，头一歪睡去。

转动的舞台上，雪花、纸钱、人力车、叫卖声，处处是所谓"老北京"，人艺的强项。可很快就能发觉，祥子、虎妞、小福子，和老舍原著相比，全都似是而非。祥子憨直，而且富有"阶级感情"，用今天的话说叫"草根情谊"。虎妞面对"阶级兄弟"老是含着笑，她的"泼"是出于性格而不是由于内心的扭曲，她是一个勇于反抗却被黑暗吞噬的生命。结尾么，小福子不能自杀，祥子也不能堕落，他得像骆驼一样顽强地出走，好在没说他投奔革命去了……可以想象，改编者梅阡先生当年是如何地下大力气，让1936年的小说适应1957年的环境，倒不见得是违心之作，但是分明能感到肩挑重担，行走于刀刃之上的不平衡。1957年的"政治正确"，将一部悲剧渲染出那个年代特有的明媚和坚定，就像一张旧报纸泛黄的灵魂，奇特地飘动于今日之舞台。

其实我更感兴趣的，是祥子的扮演者于震。有他出场，哪怕是蹲在台口没词，我都盯着看。于震那种松弛自然的表演，从众多角色中一下子跳了出来，他处理台词的功夫相当细腻，有别于那种已经被定型、放大的"人艺腔"，颇为新鲜。散场后打听了一下，得知于震此前还演过《足球俱乐部》和《我爱桃花》。我不禁叹息，这么多年，他竟然只演过这么点戏！

由此想到另一个话题：人艺为什么难有第二个于是之？不久前看过一篇采访，针对当前的话剧危机，戏剧界的元老李畅先生建议实施"剧目轮换演出制"——"一个

《骆驼祥子》
北京人艺
2007年4月 首都剧场
原著：老舍
改编：梅阡
导演：顾威
主演：于震、王茜华、
王德立、于明加等

国家剧院应该是剧场、剧院合一，每年应该有二十几个保留剧目填满一年近三百天的剧场。要达到这样的数字，演员起码得会五十个剧目，而且这五十部戏的服装道具都是全的，随时可以上演。"

是啊，我们目前有多少出戏，是演一轮甚至演几场就扔了？我时常感到困惑，这些年像人艺的《白鹿原》、南京的《白门柳》等等，都是大制作，可演演就不见了，而剧院要么空着，要么被一些根本不值得的烂戏占据，年轻演员很难得到上台机会，豪华布景不知丢在哪间仓库，浪费惊人。

其实，人艺能成为中国话剧的金字招牌，正是因为1950年代普遍提倡的剧目轮换演出制，而人艺实行时间最长，收效最好。《茶馆》《雷雨》等经典剧目的积累，于是之、朱琳等王牌演员的出道，都得益于它。

剧目轮换演出制并不是什么秘诀，它曾让中国戏曲红红火火，也是西方剧场实施已久的成熟制度。人艺代表了中国的主流话剧，它声望最高，保留剧目最多，名导演、名演员最多，如果有良好的制度保证，它就有希望成为中国的微缩型百老汇，将商业演出带入良性循环。中国现在一说商业话剧，就是《琥珀》《艳遇》《托儿》那一类的低水准作品，非常奇怪。在我看来，曹禺、老舍的作品，才是商演的正途，事实上每逢人艺演《雷雨》《茶馆》之类的戏，票房都不错。

从《骆驼祥子》到百老汇，话题扯得有些远了。我只是在想，这出戏上次公演是18年前，那下一轮演出将在何时？这么多年浪费掉的，岂止是时间。

2007年4月

附记：这些年，北京人艺已实施经典剧目轮演制度（具体从哪年开始，笔者没能查到）。基本每年都会上演《茶馆》《雷雨》等人艺的看家戏，同时还会有重点复排剧目。《骆驼祥子》数次上演。

我，是我一生中无边的黑暗

有一类话剧导演，倾向于选择经典剧本或有分量的主题，创作中很少冒什么新奇的火花，风格比较规矩、扎实。虽然结果不尽如人意，但在中国目前的戏剧环境下，我这个"保守派"更愿意认同他们这一路，而不是那些被"创新的狗"追赶的话剧。王晓鹰导演，大体上走的就是老实人路线。

看过他三出戏，水准依次下滑，但原因可以理解。

第一出是《萨勒姆的女巫》，阿瑟·米勒的名剧，最佳。剧本基础好，表演充满激情，那严峻的拷问，震动人心。

第二出是《普拉东诺夫》，契诃夫生前未发表的剧作，次之。我想很重要的原因是契诃夫的剧作对演员要求很高，不易达到。

第三出就是今年5月上演的《失明的城市》，根据萨拉马戈的《失明症漫记》改编。说不上有多好，但我也不愿说它不好。

城市忽遭失明传染病袭击，患者眼前一片雪白，不能视物。他们被送进所谓"医院"，其实是集中营，踏出病房一步，就被守卫的军人射杀。很快，人性的黑暗就占了上风，囚徒们为了最低限度的活命，一步一步突破了道德底线……

失明的城市，这是一个充满隐喻、指向丰富的主题。政治、人性、暴力，甚至宗教（剧中有圣像被蒙上眼睛的

《失明的城市》
国家话剧院
2007年6月6日—17日
解放军歌剧院
原著：萨拉马戈

编剧：冯大庆
导演：王晓鹰
主演：贾宏声、王灏桦、吴晓东、
房子斌、李浩

念白），借瘟疫的意象喷涌而出。看得出创作者的激情和批判意识，然而有限的才华成为难以逾越的障碍。整出戏有拖沓之感，台词比较平庸，扮演博尔医生的贾宏声，还是大喊大叫那一路，演得相当僵硬。尽管如此，我还是愿意为这出戏奉上掌声，因为它是真诚之作，气度、格局都像一出传统意义上的话剧，现实关怀和批判色彩强烈。这样的作品，近年来渐少。

《失明的城市》似乎想探讨恐惧问题。失明激发了内心的恐惧，让人自私、卑劣、懦弱，怯于反抗而勇于内斗，让专制和暴力肆虐猖狂。不过我的兴趣落在了别处。剧中，博尔医生的妻子琳达，为了陪伴丈夫伪装失明，却亲眼看到"盲目"的人群，包括丈夫的恶行。盲人们丧尽廉耻有个最初的前提，他们认为周围都是盲人，没有人知道他们丑陋的样子，没有人看得见他们的所作所为，而且他们很快产生了"同病相怜"的认同感，倒是"明眼人"求助无门，倍感孤独。

真有琳达那样的"明眼人"吗？善良，悲悯，奉献，自我牺牲——那几乎是基督的角色。在生活中谁敢说自己心明眼亮？某种意义上，我们都是盲人吧，眼睛用来看别人，却罕有能力反观自身。更有人结成一队，就像勃鲁盖尔画的那幅《瞎子引路》，前仆后继掉进泥坑。更可怕的是，爬起来，抖却一身泥，浑然忘记刚发生的事。就像剧中表现的那样,瘟疫一消失,"街市依旧太平",又忘了自己其实还是个瞎子,于是失明症还会不断复发。

最深的黑暗总是落在内心。想起少年时看过的一句诗——"我,是我一生中无边的黑暗。"既然注定盲目,就当时时自省。

2007 年 6 月 28 日

《万家灯火》重燃，宋丹丹真亮

《万家灯火》重燃，最亮的一盏灯属于宋丹丹。

听说她是个好演员，听了不下十年。但被电视框着，我对她的小品、电视剧都毫无感觉。真正有戏的人，还是得拉到舞台上见个分晓。

后来等到了《白鹿原》，有她的"激情戏"，还是没感觉。那是一出导演和舞美统驭的话剧，没给她太多空间。然后，终于等到了《万家灯火》，虽然群戏多多，她还是当仁不让地跳了出来。

机械吱嘎作响，一把太师椅升上舞台，"何老太太"曲着一条腿往椅子上一盘，一手捧着小茶壶嘬了一口，然

《万家灯火》
北京人艺
2007年7月 首都剧场
编剧：李龙云
导演：林兆华 李六乙
主演：宋丹丹、濮存昕、米铁增、王刚等

后钢牙利嘴开始往外喷词儿——好戏登场了。

"何老太太"这个人物，由于《万家灯火》"命题作文"的特殊性，没能充分展开，充其量只是一幅速写，但已经给了宋丹丹少有的舞台空间。她的技术真好，无论台词还是形体，都是一个字——准。她给出了一个从生活中浓缩又放大的形象，一个饱经风雨、活在底层的老太太，刚强、幽默，还带着股呼天抢地的市侩劲儿。

临近尾声的那段独白令人动容，何老太太简短回顾自己艰辛的一生。我坐在第二排，看得见宋丹丹脸上的泪水——当然，"哭"并非演技的标准。关键是，宋丹丹确实

无声戏 | 091

用自己的表演为全剧提供了唯一的情感高潮，激情，但有分寸有节奏，一句一句带着观众入戏，绝对区别于舞台上常见的苍白的嘶喊。我很服。

印象中宋丹丹接受媒体采访时谈到过自己的"没追求"，大意是说要有合适的角色、合得来的人，她就演，否则就好好过日子，艺术追求之类的就算了。她要不演春晚小品，我大力赞同，但要是以后话剧舞台上看不到她，就太可惜了。不过话说回来，如今像样的剧本、像样的角色，实在也太少。

所以还应该感谢《万家灯火》的编剧李龙云先生，在宣传北京市危房改造的主旋律框架下，他拿出一篇很像样的"急就章"，那一个个人物，虽然离真正的丰富和深刻还有距离，但绝大多数都有可以感知的温度。全剧洋溢着生动的气息，浸润着朴素的感情，在"拆房"的主题下，反而把我们的记忆曲折地引向老北京独特的生活风貌……

2007 年 7 月

"云门"开启 《水月》无情

黑暗的舞台上,静静落下一柱光,照亮了舞者,《水月》升起。

几十秒后,我的右侧忽然闪过一片光。我心想,竟然还是有人不顾开场前林怀民的殷殷劝告,以身闯"云门"。

随即,音乐停,灯亮,幕布滑动。林怀民的声音再度响起,略带愤怒,宣布因有人拍照,演出将从头来过。几十年前,云门舞集用这种方式教育过台湾的观众,这一幕又在北京保利剧院重现。

幸亏林怀民没再计较短促的手机声,大幕只关了这么一次。随着巴赫无伴奏大提琴又深又慢的旋律,《水月》完整地流淌了 70 分钟。我的感觉是，很新鲜，也很沉闷。

从理智上说，我愿意给《水月》很高的分数。舞者们的动作揉进了太极、马步之类的中国功夫，勾勒出巴赫音乐的旋律和线条，非常地准确、流畅，太极的圆转如意与巴赫的绵绵不绝也有一种内在的精神契合。半空中镜子反光营造的月晕、舞台上飞溅的水花，映着舞者们端凝的姿态，"镜花水月"的意象传达得空灵而优美。

而从感情上讲，《水月》不属于我喜欢的舞蹈。不过我得首先检讨自己修养不够。就像我从来无法枯坐着听完巴赫的六首无伴奏大提琴，《水月》这样"可以看的巴赫"也让我感到枯燥。我无法真正喜欢那些舞台上的身体，他们不像血肉之躯，太静太抽象了，明明在行动，有时动作还很迅捷，但我还是觉得他们像在坐禅，美得很遥远。

林怀民用京剧身段、武术、太极、书法、打坐训练云门的舞者，倒不是为了博个"东方""传统文化"之类的名目，他确实以此获得了一套身体语言，有别于西方，很独特也很完整。西方舞蹈讲究提气，身体向上拔。而《水月》的舞者们，气往下沉，下盘很稳，呼吸吐纳之声清晰可闻。

我明白，林怀民希望消灭舞蹈的戏剧性，去除那些可以"用文字表达"的东西，让舞蹈回到身体。这是一个舞者理所当然的追求。但我还是觉得，《水月》不仅消灭了舞蹈表层的戏剧性，几乎连身体也消灭掉了。舞台上那些身体,只剩下形式、技术上的呼应——不承载任何情绪和意义的身体,还是身体吗?

我的口味,还是偏好有热度的舞蹈,会说话的身体。但林怀民确实对得起他的盛名。我曾有个念头一闪而过:林怀民就像电影中的塔科夫斯基,慢而深,创造了独特的语汇和形式美。但一转念又觉得不对——塔科夫斯基从未放弃对意义的追问。

当然,如果考虑到"空"和"无"的境界,"无中生有""有无相生"的玄妙,《水月》依然可以被赋予丰富的含义。有传统文化罩着,云门的意义空间可以尽情延展。

林怀民曾说,最好的观舞反应就是"生理反应",比如起鸡皮疙瘩之类。演出后的座谈中,有观众说自己从头到尾泪流满面。惭愧,我只是安静地坐着、看着,一点没动感情,所以才有了这些"生理反应"之外的多余文字。

2007 年 8 月

死于笑声

"我真蠢,我不知道《刺客》是在反讽。"不知不觉间,林兆华导演的这出戏让我变成了"祥林嫂"。

必须得说,今年以来看过的戏中,《刺客》几乎是最好的,一向讲求形式感的林兆华,终于把形式用到了点子上。

两道黑色的高墙对峙着,拓展了舞台的深度,气质简洁而严峻,跟全剧激烈又压抑的调子非常协调,而且功能很强,空间灵活多变,完全不是林兆华从前的戏,比如《樱桃园》那种为舞台而舞台的胡来,也不是《白鹿原》那种用舞台压倒一切的霸道。

何冰演的豫让、濮存昕演的赵襄子,以及一干配角,状态也很不错,情绪准确而饱满,也不乏细腻的处理。单纯从舞台呈现的角度来讲,《刺客》在各方面都很和谐,既保持了叙事的严谨和节奏感,也时有妙招,带来新鲜的刺激。

对我而言,疑问出在全剧的高潮段落。豫让要求刺赵襄子之衣,以完复仇之志。《史记·刺客列传》中的豫让"拔剑三跃而击之",然后自刎;而在剧中,垂死的豫让竟举不起剑,最后是赵襄子似笑非笑地把锦袍覆在了剑上。这时,观众席中响起了笑声,像一块块冰冷的铁,凝固在我心里。

当时我以为那些笑声是轻薄的。后来看了报道才知道,林兆华不仅欢迎,而且希望更多的笑声——"说明我对豫让'英雄主义'的反讽越来越被观众理解。"

我终于明白了,观剧过程中我对这出戏文本方面的困惑从何而来。当时只觉得主要角色的性格似乎不够连贯,豫让有时像个英雄,有时像个小丑,特别是他"漆身吞炭"哑了嗓子之后;赵襄子滑向了精明狡诈、长于作秀的政客,可是在他对豫让的态度上,在他的性格之路上,有时也能看到刹车的痕迹。

编剧徐瑛说:"希望能够借助豫让的纯粹,让我们的戏剧也纯粹一次,使那些进剧场来观看此剧的观众获得一个被豫让的人格力量与戏剧的文学魅力所感动的机会。"

而何冰说："他的生命貌似有价值，其实意义不大。豫让是为了道德规范而活，他英雄的表现在于偏执和神经质，在于非人的复仇。"

显然，剧作者想要传达的"感动"和对历史人物的敬畏，被导演和演员有意识地颠覆掉了——不过这种颠覆表达得还不够明确。这出戏在文本上给人的游离感，或许就来自剧作和呈现的背离和相互争夺。

最终，观众恰到好处地笑了，林兆华胜利了。

我没有权利责备林兆华导演的"反讽"，因为每个人都有自己解读历史的方式。但我无法抑制自己的悲哀，因

《刺客》
林兆华戏剧工作室
2007年8月3—19日 首都剧场
编剧：徐瑛
导演：林兆华
主演：濮存昕、何冰等

为这种"反讽"是那么地契合于我们的时代。从《赵氏孤儿》中不愿复仇的孤儿,到《刺客》中惹人发笑的豫让,林兆华对历史的颠覆和消解一以贯之,他的思路和观点在"个人至上"的时代很典型,也很平庸。我的悲哀在于,原来我们的艺术家真的是大众的"代言人"而非"挑战者",他们的"求新"只在于将历史旋转180度并体现时代的流行口味,而不是从历史资源中生发出新的力量、勇气和创造,来挑战通行的价值观,应对广袤的现实。

曹沫、专诸、豫让、聂政、荆轲——如果加上《刺客列传》未载的要离,就是中国历史上最著名的六位刺客。今天我们是否还能理解,为什么司马迁要以令人动容的言辞赞美他们?为什么武梁祠要将他们的故事刻像来铭记历史教育子孙?为什么一派闲适的陶渊明会有"其人虽已没,千载有余情"的感怀?

谁说有永恒不变的人性?今天,我们可以把象征忠信、勇毅、抗暴、为信念献身的刺客变成偏执狂,变成放下武器束手待毙的"和平主义者",或者变成一个目的性更强的名词——"恐怖分子"。

豫让死后,他的遗孀被几个象征大众的角色侮辱调戏,当台上的演员发出"不干白不干"的呼声时,观众席中再次浮起了笑声。这是《刺客》一剧出色的创造,或许也是意外的收获。发笑的观众们在那一刻成了剧中人,勾连起舞台与现实，再也没有比这更意味深长的结尾。

一出戏因笑声活了。一些人因笑声死了。

豫让们并非死于利剑，或死于偏执——刺客，死于我们时代的笑声。

2007 年 8 月

林大将军横刀立马

温暖的橘色光芒照亮了高高的砖墙,几个人被钢丝吊着,伴随着摇滚乐的节奏,在半空中攀爬……这个抽象而诗意的攻城情景,是《大将军寇流兰》的开场。

一刹那,我有些恍惚,上次看到首都剧场揭去天幕,露出最后面这堵砖墙是什么时候?嗬,那时我还在上高中,是俄国人导演的《海鸥》,我第一次感受到舞台的魔力。

现在魔术又上演了。林兆华导演,再次带来一个"空的空间",而剧作的荣光,属于莎士比亚。

朱生豪先生把这出戏译作《科利奥兰纳斯》,而这次演出用的是英若诚先生的译本,也是他生前最后的译作。

《寇流兰》最有名的演出版本大约出自布莱希特，不知这部莎剧以前在中国是否上演过，它很复杂，不易把握，在某一历史时期可能还会很"反动"。

寇流兰是古罗马贵族，战功赫赫，勇猛率真，高贵得令敌手也又恨又敬。但是他骄傲得像个魔鬼，鄙视平民，不仅攻击他们的猥琐自私，也践踏他们要求得到温饱和尊重的权利，这注定了他和民选的两位护民官的冲突，注定了他在谋求罗马执政的仕途上惨败。他被民众放逐，倒向敌手，率军复仇。但在罗马城下，他又因母亲和妻子的恳求放弃进攻，最终死于昔日的敌人、今日的同伴之手。

《寇流兰》作为北京人艺自行排演的第一出莎剧，实在是开了个好头。剧作本身的张力可以引发无穷联想，林兆华导演的舞台能力也日益纯熟。

我觉得，从《建筑大师》开始，林兆华逐渐获得了舞台上的和谐感，即使风格不同，但都能把剧作、表演、舞美、灯光、音乐很舒服地做在一起，而且保持了他对舞台形式感的一贯追求，不再是从前《樱桃园》那样粗头乱服的别扭。

而且，今年的《刺客》和《寇流兰》，更让我意识到所谓"传统"表演方式的力量。也许林兆华不会认同这种"回归"，但作为一个观众，我真的想说，用节奏分明、情绪准确的台词和形体来塑造角色，传达主旨，比他从前提倡的那种无交流的梦呓式表演动人得多。

《寇流兰》气势开阔，演员众多，群戏、对手戏，一场接一场。英若诚先生的译本口语化、中国化，莎士比亚式的华丽被削弱，很适合舞台表演，许多台词被处理得朴素、直白、节奏分明，往往是角色一亮相，其性格色彩已呼之欲出。濮存昕固然令人瞩目，可惜表演已成定势，我看的那场还出现了忘词的意外。倒是两个新面孔让我眼前一亮：扮演寇流兰之母的李珍，气势和力度压倒全场；扮演寇流兰之敌的荆浩，准确传达了敬佩兼嫉恨的复杂感情。

令人遗憾的是，两个护民官被塑造成追名逐利、权欲熏心的阴谋家和小丑，于是民众也就成了典型的"乌合之众"，这和传说中的布莱希特版本形成了鲜明的对照。莎剧最绝的，是其多义性，台词不变，演法不同，含义就全

《大将军寇流兰》　　　　翻译：英若诚
北京人艺　　　　　　　　导演：林兆华　易立明
2007年11月　首都剧场　　主演：濮存昕、荆浩、李珍、薛山、
原著：莎士比亚　　　　　　　　班赞、卢芳、严燕生、米铁增等

变,为后世留下了无尽的阐释空间,《寇流兰》一剧也是如此。它可以是超人和愚民的对立,可以是贵族的腐朽、软弱和狂妄,可以是大众的专制、民主的盲点、被煽动的暴力……它也可以把这一切都包容在内。而把寇流兰阐释为"有缺点的英雄",是通往这出悲剧的阳关大道。不过,如果寇流兰的悲剧是由两个小人的构陷造成的,而不是由于他自身的性格和不可逆转的时势所驱,就会削弱悲剧的力量,也会把这出含义丰富的剧目简单化。我始终觉得,戏剧的文学性,是林兆华导演的一个软肋。他在舞台形式上有许多灵活的创造,但是对剧作的理解,总是欠缺真正的深度。

还有一些题外话。生活在16、17世纪的莎士比亚为什么会写下这样一部戏?今天林兆华为什么要排这出戏?我们又该怎样理解寇流兰对民众的轻贱、对民主的敌视?这部古老的戏剧提出的问题,在今天依然显得格外严峻。

一转念,想起了伍子胥的故事,在我们的戏曲里也很著名。楚王灭其家,他逃亡,借吴伐楚,鞭尸复仇,最终死于恩主之手。跟寇流兰稍微有点像。只是,伍子胥的敌人是楚王,逃亡途中有老百姓帮忙。民贵君轻、仁者爱民的观念源远流长,在中国的传统里,很难出现寇流兰那样跟权贵站在一起、蔑视民众的"英雄"。这么一比较,可真是意味深长。

2007年11月30日

坐在剧场看电视

"冯远征！我看见冯远征了！"

坐在我旁边的女孩兴奋得一边喊一边抓住同伴的手乱摇。这时背后忽又冒出一个冷冷的声音："冯远征算什么呀，这儿比他有名的多了！"

我暗笑。此时观众席里坐着朱旭、郑榕、蓝天野、朱琳，梁冠华陪在一旁。

这是3月19日，《结婚》在首都剧场开演前的一幕。我不禁想，电视剧的力量毕竟是很大的。许多年轻女孩在过道里围着因演"坏男人"而闻名的冯远征签名，而对人艺演技精湛的老前辈视而不见，着实有趣。

《结婚》
中戏表演系 04 级 1 班汇报演出
2008 年 3 月 19—22 日　首都剧场
编剧：桥田寿贺子
导演：郝戎

影视如果能为剧场带来一些"追星族"，那是锦上添花的美事。不过如今影视对戏剧的影响，显然不止于此。多媒体的运用，早已是常见的技术手段，而"影像思维"的渗入，才是对传统舞台剧真正的冲击和改变。

年初看过一出很可爱的戏《向上走，向下走》，故事发生在小区保安和保姆之间，那股蓬勃而清新的气息，使它有别于当前高度娱乐化的小剧场戏。能感觉到，年轻的创作者们既要以灵活的身体语言来反抗沉闷的主流表演方式，也试图对社会问题做出一些思考（虽然这思考实在很有限），他们正努力在剧场的娱乐和思想功能上寻找平衡点。

它是以戏仿007的经典片头开场的。演员在幕布后，用光打出剪影，做出各类搞怪动作，令人喷饭。记得剧中这类戏仿颇多，包括《功夫》的追逐镜头，演员甚至模拟了影像快进的效果，还有音乐渐起、人声渐隐的处理方式，也是影视中常见的。

影视手法借鉴得好，会使舞台别开生面，但技术手段还不是最根本的。实际上这出戏，乃至当前许多良莠不齐的小剧场戏，其营养不是来自深厚的戏剧传统，而是来自香港电影和电视小品。比如"无厘头"思维，比如煽情段落，比如运用方言来搞笑（东北话最常见，《向上走，向下走》用的是河南话），比如夸张的肢体和表情（但又不是真

《向上走，向下走》
2008年1月18日—2月9日
人艺小剧场
编剧：秦雯
导演：李樑
主演：于莎莎、左腾云、
周铁男、樊冲等

无声戏 | 107

正的形体戏剧);在文本上,则体现为粗浅单薄的剧情、性格单一的角色、温馨和美的结局,忽视传统戏剧追求的矛盾冲突和内涵表达,台词间的机锋几乎都是为了追求喜剧效果,以致时常出现其实与剧情无关的人物及场景。简而言之,它们是缩小的港片,或放大的小品。

港片、小品不值得借鉴吗?喜剧效果不应该追求吗?当然不是。黄金时代的港片妙趣横生(如今的《投名状》之类倒是越来越像商业化之后的"第五代"),小品本就是戏剧练习的基本单元,没有笑声的剧场大多意味着沉闷。何况,对于"80后"剧人,影视作品的养分天然地植入思维,国内又有多少真正出色的舞台剧可供学习?

但是,港片、小品毕竟不是戏剧,它们所能提供的想象力和创造力是有限的。植根于此的戏剧固然有可能冲破中国舞台那具僵硬的枷锁,可我疑惑的是,当这个任务完成,它还能怎么"向上走"呢?如果没有更丰富、更深厚的戏剧营养,恐怕它只能一路"向下走",直到观众产生"恶搞疲劳"。

江山代有人才出。"80后"剧人的"影视思维"虽然前途叵测,但毕竟具有某种新意,而老一辈把舞台剧写成了电视剧则让我无法接受——我指的是人艺一二月份的大戏《莲花》,作者是著名编剧邹静之先生。

《莲花》的故事发生在1930年代的北京,精明的女主人公"莲花"想通过卖古玩改变穷困的生活,结果聪明反被聪明误,弄得鸡飞蛋打家破人亡。它的京腔京韵,颇显"人艺特色"。邹静之先生熟练运用北京口语的能力,以及他对古玩行业的"门儿清",一目了然。但我还是要说遗憾。《莲花》在剧作层面是不折不扣的电视剧手法,它是舞台连续剧而不是话剧,它塑造人物、设置矛盾、推进情节的方式都和话剧的需要有距离,它有太多的"水词儿"和过场戏,松散拖沓,仿佛一部将20集浓缩为五幕的电视剧。

我猜想,《莲花》的倒叙结构是邹静之先生用心追求的,也许还是"得意之笔"。它确实有新意。结局放在了第一幕,最激烈的冲突一上来就露了底,然后一幕幕向前推,一步步展示这个悲剧的过程,最终收束在莲花夫妇贫困但恩爱的生活上。或许邹静之先生要表达的,不仅是一个"故事",他要追问其成因:为什么抱有正当而美好愿望的人,最后会堕入深渊?他在剧中给出的答案似乎是"贪心"——如同上赌桌、炒股票,人的欲望一旦被激发就会被套牢,再也不能回头。

我们常说世上没有后悔药,事情不能倒着想,但在创作上,倒着想有时就能别开生面。回溯式的结构在戏剧中并非少见,但我确实没见过像《莲花》这样的。它缺乏戏剧结构必要的跳跃和紧张,松散且平铺直叙,以至于我看

《莲花》
北京人艺
2008年1月　首都剧场
编剧：邹静之
导演：任鸣、徐昂
主演：陈小艺、谷智鑫、丛林、张万昆等

第二幕时已经能猜到后面所有的内容，而且分毫不差。

写戏之难，可能超乎我们的想象。即使邹静之先生这样的名家，也会不自觉地把电视剧思维带入舞台。本文开头提到的《结婚》，作者亦是日本名编剧——桥田寿贺子，写过《阿信》，还有不久前央视播过的《冷暖人间》。《结婚》的开场还好，起伏有致，人物性格鲜明，内在关系丰富，然而慢慢就开始拖沓、煽情，终究还是奔向了日剧。

影视思维之于戏剧是一柄双刃剑，用得好增光添彩，稍不小心则可能造成重大伤害。不过我相信，影视与戏剧各有特点，却绝非对立，因为有品特的创作珠玉在前——

《法国中尉的女人》使用戏中戏结构,主人公的演员身份、相互关系与所饰角色彼此呼应,影片顿时有了纵深感;而《茶会》频繁的场景切换、强烈的镜头感,也拓展了戏剧的空间,再加上既日常又具有奇特的反讽效果的台词,可谓新意迭出。

虽然"年龄"悬殊,戏剧与影视,却是同根而生。愿它们相互扶持,在中国的土地上也能绽放出美丽的花朵。

2008年3月31日

创新如旧

王晓鹰先生是我一直敬重的导演,从《萨勒姆的女巫》《哥本哈根》到《普拉东诺夫》《失明的城市》,他的作品在当前日益市场化、娱乐化的戏剧舞台上,散发着某种"异数"的光彩。尽管这些戏最终的呈现水准不一,但从中依然不难看到导演一贯的风格:注重剧本内涵,导演手法扎实。

最近又看了《霸王歌行》,王晓鹰导演显然在寻求某种"突破",一人分饰多个角色、杂用京剧身段和念白及其他舞台技法的运用,在他从前的戏中都不曾见过。整体上的抒情风格也与注重矛盾冲突的传统大戏有所不同。这种

"创新"的努力让我的敬重又增添了一分。

不过敬重归敬重。一个朋友说:"他还不如像原来那样老老实实地排。"我的感受有些复杂,一方面觉得不能漠视导演求变的努力,一方面又为舞台上那些陈旧的"创新"暗自唏嘘。

什么是新?什么是旧?

《霸王歌行》中最有趣的是那个一人包揽了除项羽、虞姬、刘邦之外所有角色、忙得不亦乐乎的"龙套演员"。虽然一人分饰多角、兼用戏曲手法对当代舞台并非首创,但体现在这位演员身上仍有生龙活虎、耳目一新之感。相反,剧中袭用《麦克白》洗手的经典桥段、用玫瑰花瓣来烘托结尾的抒情高潮等看似很洋很新的手法,却散发着过时的气息。这是新与旧的辩证法。

戏剧效果最终要依托剧本,《霸王歌行》给人的陈旧感,剧本是有责任的。《霸王歌行》的剧作者潘军先生是作家,他面对历史的态度很谦逊,以至于要通过项羽反复跳出来声明:这是项羽个人的故事,不是历史。好吧,这个策略可以挡住所有要和历史较真的人。

不过,这个所谓"个人的故事",也无非是把项羽描述为一个更易为当代人认同的"人",一个不爱权力、情感丰富、向往自由的"男子汉"。为了证明"人"的特性,作者甚至让虞姬劝项羽还乡:"母亲的头发都白了……"那一

《霸王歌行》
国家话剧院
2008年3月14—30日
东方先锋剧场
编剧：潘军
导演：王晓鹰
主演：房子斌、张昊、刘璐、田征

刻，我惊讶万分，几乎失笑，如此陈旧的煽情！

　　自然，用不着历史证明，我们也知道项羽一定是有妈妈的。如果吻合主题，我们也没有理由反对项羽思念母亲和家乡。但从剧本技术的角度看，最好的办法是让人物行动。《霸王歌行》的主干却是项羽自我辩难式的抒情独白，实际上是剧作者不停地跳出来向观众灌输中心思想，把本应留给观众思考的那一点点空间毫不客气都给占了。抒情如果是单调枯涩的，台词如果是陈旧简单的，相较于注重角色行动的传统戏剧，"新"又有什么意义呢？

　　是的，项羽的事迹我们耳熟能详，但这正是考验编剧锤炼结构、讲述故事、创造人物能力的关键所在，略过这些直奔主题，恐怕是混淆了戏剧和抒情散文。这样主题先行的戏剧最终是要让观众接受一个预设好的结果：英雄项羽所有的错误决断背后都闪耀着人性的光辉，相应地，刘邦不过是个成功的无耻小人。

项羽从来都是一个"人"，无须考证也无须颠覆。其实，司马迁那支丰沛精确的笔，已经为我们提供了一个"莎剧人物"——有缺点的英雄。莎士比亚怎样把这类角色写成一个"人"，写成真正人的悲剧，《大将军寇流兰》就是最现成的证明。而我们当代创作中以个人主义视角重塑或还原历史的努力，既缺乏历史传统的依托，也缺乏个人主义真正的锐度，它只能赋予角色表面的挣扎，却无法凭藉情感的力量或思想的深度抵达观众内心，最终是落入了所谓"人"的陈词滥调。

我能感到创作者在面对项羽这个角色之时内心的冲动，而这更让我慨叹，前辈艺术家发现的"人"的新大陆，以及这片大陆上所有的景观，为何如此的肤浅和陈旧呢？为何他们总是忙于在一切缝隙中为自己的主人公寻找合理性，总倾向于塑造一些情感意义上的"高大全"呢？

又联想到邹静之先生的新戏《莲花》，那是一个没有包青天出场的秦香莲故事。"痴情女子负心汉"的母题，可以代代讲述，永不过时。问题是，将这样一个故事搬上戏剧舞台，仅仅是为了宣告欲望导致毁灭这一"正确结论"吗？

观众需要的，并非一个没有戏剧张力、没有思考余地的道德读本。

什么是新？什么是旧？

貌似新大陆的曙光，却可能是旧时代的余晖。看似陈旧落伍的手法，却可能是激发新创造的利器。新与旧，总是流转不居，等待着被真正的艺术灵感点燃。坚固的母题、复杂的人性，需要从时代的潜流中去不断质疑和开掘。艺术创造，是激情，是美感，是锋利的思索和没有答案的暧昧。

看《霸王歌行》的时候，忽然想到，是谁最先创造了虞姬临终的剑舞？《史记》上只写霸王悲歌，虞姬和之，座中人莫不泣下。这也可以是一个戏剧的抒情高潮。但是有一个天才的创作者，把它变为美人的剑舞和刎别，这是什么样的美感和力量！

我们依然站在平地上，仰望着高台上那一幕幕生动的戏剧，艰难地向着台阶迈步。

2008 年 4 月 4 日

把所有的掌声献给演员

一幕走过场的群戏,人群外侧站着一个红衣女人,挺着个大肚子,看体态像个老妇。我坐得远,看不清她的面容。该她的戏了,尚未开口,她忽然把肚子往上一端。我立刻反应过来:这是冯宪珍!竟然会这样设计动作!活脱脱一个粗蛮的市井老妇!

《天朝1900》提供给冯宪珍的戏,够分量的只有一段"光绪末年的'岳母刺字'",就是她的儿子琴圃(陈建斌饰)非要学习岳飞好榜样,让她在后背刺上"精忠报国"四个字,一场闹剧——老太太又腆着肚子上场了,从头上拔下簪子,极不耐烦地喝道:"扎哪儿?"接下来的,是语言难以描述的精彩表演。

不仅是冯宪珍,韩童生、倪大宏、陈建斌、雷恪生、马书良,都不愧是中国话剧表演的顶梁柱,就连一些没有名气的年轻演员,也表现得可圈可点。

《天朝1900》,我要把所有的掌声献给演员。剩下的,就只是惋惜和疑惑——惋惜好演员扎堆却并非人人都有足够的戏份,疑惑导演类似电视晚会的舞台手法,也疑惑这出戏的剧作基础和改编方式。

《天朝1900》来自李龙云的"天朝上邦"三部曲,由导演尹力改编,表现了庚子事变前后北京的市井众生相。在首演前的采访中,尹力说过,原剧本没有完整的故事,他从"散碎的珠子"中,拎出了德国公使克林德遇刺这一核心事件以展开情节。由于没看过李龙云的原作,就难以判定眼前的戏是"抽改"还是"抽毁"。但是我想,将近两个半小时的《天朝1900》,之所以会看得人十分疲惫,最主要的原因就在于,它还是一些"散碎的珠子",不幸还穿插了许多不伦不类的"伴舞"。

"克林德遇刺"是剧中主要人物命运的转折点。但是在这个转折前后,是太多状态性的铺陈,走马灯一般你方唱罢我登场,表达的意思却基本一样,还有大量不必要的群戏使节奏更为拖沓,给人的感觉是迟迟不能入戏,该完了却老也不完。虽然某些段落戏剧性很强,台词漂亮,表演出色，但还是缺乏一条关键的行动性的红线，把它们串成一部有起伏、有节奏的戏，结果就像一段段小品，虽然精彩，但彼此断裂。

这种繁冗、散乱也体现在角色上。《天朝1900》塑造了一群清朝末年的北京市民（尤其是旗人），他们的共性是麻木不仁、愚昧守旧，主要人物性格固然有差异，但还是有不少角色的色彩和作用完全相同。在我看来，如果这出戏能够将角色归并删减，围绕琴圃和恩海的命运编织情节，营造冲突，更细致地刻画他们的性格，就会紧凑严密许多。当然，如果是这样，就没办法"全明星"阵容了吧，谁舍得让雷恪生跑龙套？可目前好演员是都上场了，但戏份不足，有的人作用跟龙套也差不多，太浪费了。

不由得想起《茶馆》，那也是一部"平民史诗"，也是"全明星"，可谁也不会忘记主人公叫王利发。它最精彩的第一幕也是一场大群戏，可怎么就一丝不乱，个个出彩呢？我很疑惑，是我过于保守不理解戏剧创新吗？行动线、矛盾冲突、高潮、节奏等剧作的基本要点，真的可以弃之不顾吗？

如果说，《天朝1900》剧作层面的散乱不好判定责任，那么我想尹力在舞台处理上至少难辞其咎。这位影视导演并没有为戏剧舞台带来足够的新意，甚至都谈不上如何用影视手法改造了戏剧，他是把戏剧当成晚会来排了。

这出戏的元素真是够"丰富"的，舞美搭起了巨大的景还嫌不够,非要用人填得满满的,据说群众演员多达一百三十来人,有演京剧的有唱诗班的,有跳芭蕾的有练武术的,有挥雨伞的有耍中幡的……还有一个贯穿全剧的小角色充当主持人时不时来段旁白呢。这满台的杂耍用来做什么呢?一是用做走过场的群戏,比如义和团登场了就来段武术表演;二是用来图解演员的台词,比如台前演员谈到了京剧,后面高台上就出现几个京剧装束的伴舞,而且,经常是演员的台词还没完,就起音乐了。且不说群众演员及群戏作用有限,高度浪费,这人海战术搭成的满台的花架子,还干扰主要演员的表演,分散观众的注意力。

当然,这出戏有一点我得表示佩服,就是结尾处的"立定跳高"。一出批判国民性的戏,得设法归结到反思历史、展望未来的"主旋律"上。李龙云透视到的中国人的"灵魂",很明显是在把鲁迅有关的杂文戏剧化,所以《天朝1900》更多的是建立在心灵的维度上,它与历史真实的关系倒也不必细究。因为,在任何时代,对一个曾自诩为"天朝上邦"的国家,对一个始终心存大国梦想的民族,自我反思都是绝对必要的。我不反对批判国民性,但我觉得不满足:《天朝1900》中的批判和反思,呈现出一种封闭的、不可讨论的状态,缺乏一出好戏必然具备的精神上的矛盾和张力。一行"今之视昔,犹后之视今"的字幕,就能达到反思的目的吗?

其实,《天朝1900》排成了晚会也没什么,一出戏而已。但它让我意识到,商业戏剧的思路和以张艺谋作品为代表的"国产大片"如出一辙:500万元的大投资、豪华的演员阵容、国家大剧院的招牌、追求气势的舞美、步步为营的宣传,甚至传出扼杀媒体负面评论的消息……据说这"大手笔""大制作"换来了高额的票房回报。

难道,继大片时代之后,我们又要迎来"大戏"时代吗?大片带来的种种奇观种种尴尬,会换一个领域重演吗?

2008年5月3日

中国有戏

记得几年前,俄罗斯的小剧院来京演出《智者千虑 必有一失》,演员之强平生罕见,笑得我们几乎岔气之余,一位中戏出身的朋友讲起了上学时的一个笑话,说是有位同窗一本正经地提交了一篇论文,名曰《论中国人种不适合演戏》——其下场,当然是被老师给毙了。

不过,每当看到我们众多的话剧演员以"有感情朗读课文"的方式来念白,或者大汗淋漓地做着一些既无趣也无效的动作,以及某些演艺明星戴着麦克身体僵硬地戳在舞台上,我总是会想起这个笑话,觉得它可能也有些道理——直到今年,连续看到上海昆剧团的演出,我的想法改变了:中国,明明是戏剧大国!中国人,原来有演戏天才!不过得是按传统的路数,演我们自己的戏。

5月,上昆为纪念建团三十周年,来京演出一周,计镇华、蔡正仁、岳美缇、梁谷音、刘异龙、张静娴等老戏骨,以及新一代的谷好好、张军、侯哲等人全体出动,既有《邯郸记》《玉簪记》《蝴蝶梦》《长生殿》等大戏,也有《琵琶记·扫松》《彩楼记·评雪辨踪》《水浒记·活捉》《昭君出塞》等经典折子戏;6月,计镇华坐镇《十五贯》;9月,蔡正仁领衔《铁冠图·撞钟分宫》……上昆行当之全,表演之精,委实可惊可叹。

尤其难忘的,是老生计镇华的表演,他不仅有与年龄不相干的好嗓子和绝佳的唱功,那种浑身是戏、细腻入微又绝对松弛、完全自由的表演状态,我从未在中国的话剧舞台上见到过。不知梨园行是否会觉得他"不守规矩",但他新颖的创造深深吸引了我,比如在《邯郸记》中他因角色的年龄而改变声音、改变形体。他能塑造卢生这样充满讽刺色彩的喜剧人物,也能把况钟演得正气凛然机智从容,每一个观众都会被他带入戏剧情境,本能地受到感染,即使对昆曲这门复杂的艺术一无所知。

还有,岳美缇的巾生风流俊雅,蔡正仁的大官生沉痛萧索,都堪称翘楚,上昆的老一辈,几乎个个有绝活,不及一一道来,今年的昆曲盛宴,将是我一生的宝贵记忆。

上海昆剧团成立三十周年纪念演出
2008年5月6—10日
主演：计镇华、蔡正仁、岳美缇、梁谷音、刘异龙、张静娴、谷好好、张军、侯哲等

但是，同样是上昆的演出，我还看了两出新编戏——《一片桃花红》和《班昭》，都是只看了一两折就跑掉了。同样是谷好好，为什么在《昭君出塞》里光彩耀人，在《一片桃花红》里幼稚不堪？同样是蔡正仁，为什么在《撞钟分宫》里扣人心弦，在《班昭》里呆板生涩？为什么观众看老戏彩声不断，看新编剧却静默无声？我想问题出在"新"上。

我看过的所有当代的新编戏，都是在舞美、灯光、音效、舞台调度方面下工夫，对白加大，缺乏精彩的唱段，严重挤压演员的表演空间，而某些尴尬错位的"现代意识",我看还不及"才子佳人"相互调情来得有趣。说穿了,它们是用话剧思维改造戏曲的结果,违背了中国戏曲最重要的原则——"演员中心制"。

我们的戏曲往往在西方模式的话剧难以表现的地方延展出戏剧空间,《昭君出塞》不过是一个骑马走路的情节,却是"唱死昭君,累死王龙,翻死马童";《评雪辨踪》仅仅是夫妻逗闷子,《玉簪记》无非是男女调情,简单之极的情节,看的是演员身上的功夫,千回百转,波澜全在细微处。除了好剧本、好唱腔,戏曲的舞台魅力皆在演员,依靠的是千锤百炼的表演程式和演员的个人技艺,这与西方现代话剧"导演中心制"的思路截然不同。如今,"导演"这个职业已经不可避免地进入了戏曲舞台,或许是为了适应现代剧场的需要,面向观众营造舞台效果,随着对戏剧社会功能的开掘,导演更进一步成了戏剧主旨的阐释者。但是这些属于现代话剧的经验,如果不知谦抑,不懂得尊重戏曲的艺术规律,就反过来成了绊脚石。

戏剧从来是一个自然流变的过程,过度保守也无法保持健康,中国戏曲亦然。计镇华在接受采访时,就曾谈到过演样板戏、学习歌剧发音带来的益处。但是我们在忙于革新的同时,是否也应该想一想,凭什么我们的戏曲长期以来被认为是"落后"的、需要"改造"的,而舶来的话剧才是"先进"的、指引方向的?

至少，上昆的演出已经证明，观众反响热烈的，是一招一式皆传统的剧目，或在尊重传统的前提下加入新料的作品（《邯郸记》），否则，即使有充裕的投资、豪华的阵容、"国家舞台精品工程精品剧目奖"的名目（《班昭》），也难以赢得由衷的掌声。

至少，上昆的演员已经证明，他们苦练多年的表演技巧，他们挥洒自如的舞台魅力，远远超过绝大多数话剧演员。是他们，让我理解了中国伟大的戏剧传统——老戏，同样可以阐释宏大的主题、深刻的人性，同样可以讲述机敏的故事、芬芳的情感，同样可以带来舞台的欢乐、审美的深度。

总之，我们的传统剧目，比今天自命商业或鼓吹先锋的中国话剧，实在高明太多——不信，您就去看一看。

2008 年 11 月 15 日

浮生觅曲　古今同梦

二百三十余年前，权倾一时的大学士和珅会选择什么剧目来庆贺他新邸的落成呢？是早已名动天下的《牡丹亭》？是前朝的王公缙绅争相传抄上演的《桃花扇》？还是再早一些、曾触犯国丧、导致作者被开革的《长生殿》？

无论是哪一出哪一折，它们都沐浴着昆曲最美的夕阳。乾隆年间，花雅之争兴起，昆曲衰败的种子已然萌发，然而"郡城演唱，皆重昆腔"，达官贵人的府邸，依旧萦绕着妙曼无双的昆曲。

几乎也是那个时代，远离了京城的喧嚣，在美丽富足的江南，有一对神仙眷侣——沈复和陈芸，琐屑、幸福而坎坷的生活，沈复将在丧妻之后用一生去回忆和追索。

时光迢迢如梦。

沈复的记忆永远在一本名为《浮生六记》的书中闪耀。而和珅的宅邸早已归属恭亲王，又历经风雨，在光阴的故事里于今年重张，花园中破败沉寂的戏台，也描金画彩，在奥运会的锣鼓中复活。依然是婉转的昆腔，却缠绵着梦的叹息。

这出戏，叫做《浮生六梦》。

据说戏的构思受到《浮生六记》的启发，不过它讲述的是截然不同的"六个梦"——《牡丹亭》风流旖旎之《惊梦》《寻梦》，《烂柯山》辛酸妄想之《痴梦》，《一文钱》

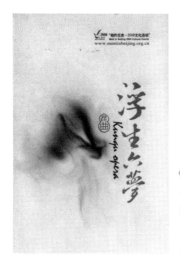

《浮生六梦》
江苏省昆剧院
2008年8月18日 恭王府大戏楼
主演：柯军、徐云秀、李鸿良、龚隐雷、钱振荣、单雯、王子瑜

滑稽可笑之《罗梦》，《红楼梦》警醒提点之《托梦》，《邯郸记》繁华成空之《醒梦》，人生百感，尽付梦中。

六梦之中，绝大多数为传统折子戏，置于恭王府的厅堂之内，正是二百多年前昆曲演出最经典的样式和环境。然而创作者匠心独具，用一个"梦"字将原本不相干的折子戏勾连成篇，更有副末一角，作为恭王府伶人之后串场，每折之前解梦道情，穿越古今。近距离观赏，细细体味经典折子戏的唱做和韵味，是与现代剧场不相融的传统观演方式；而追求戏剧的完整性和内涵主旨，是现代戏剧的观念。《浮生六梦》并未像许多新编剧那样大刀阔斧、面目全非地走所谓"现代"之路，而是将两者统一起来，既不伤害折子戏的魅力，又适当地赋予时代色彩，相当的谨慎和巧妙。

这种谨慎和巧妙同样体现在剧作上。《托梦》一折取材于《红楼梦》，秦可卿临死前托梦凤姐，告诉她大厦将倾，盛宴必散。此折当为新创，但以念白为主，唱段很少。现代人想写出优美而合韵的唱词很难，这是很巧的藏拙手段，单个看虽有不足，融入其他五梦却无大碍。

做这"六个梦"的，是江苏省昆剧院。排出的阵容也还不错，而且行当大体齐全，老生、小生、正旦、闺门旦及丑角的风采都能领略到。单雯的杜丽娘，扮相很美，嗓音很甜，前途很远。压轴扮演卢生的柯军，名不虚传，唱功和表演显然技压全场。

千锤百炼的剧目,唱做俱佳的演员,谨慎传承的态度,我们要想把昆曲的梦继续做下去,一样都不能缺少啊。

曲终人散,出得门来,是摇曳的树影,爽朗的秋夜。回首繁华,犹如梦寐。二百多年前的灵魂,还在这花园的空气中游荡吗?

盛宴必散,春梦无痕。唯有艺术与美,才能逃脱时光的沙砾,点燃心中的灯盏。正是:古今同一梦,枉自计枯荣。

2008年8月19日

WM：剧场考古

冬夜清冷，朝阳文化馆内却热气腾腾。毛主席的大幅画像俯视群伦，灿然生辉。人头攒动，但不再是平日剧场里看得脸熟的文艺青年们，而多是一些五十开外的中年人，濮存昕、李雪健、林兆华的面孔一晃而过。我这才明白，《WM 我们》（以下简称《WM》）是一出和知青有关的戏，此次老导演王贵出山复排，恰好有个名目——纪念知识青年上山下乡四十周年。

《WM》，1985年登场，曾引起轰动，引起争议，并顶着情绪灰暗的帽子，被迫停演。导演说，复排大体保持原貌，这正好可以满足我的好奇心。我没看过1980年代的原创戏,《车站》《绝对信号》《一个死者对生者的访问》等,都是"传说"中的名剧,《WM》亦名列其中。没办法穿越回去,只得"剧场考古"。

《WM》讲的是一群年轻人的命运,用"四季"的概念来表现他们人生的不同阶段及不同境遇。涉及知青生活的只是开场的"冬天"部分,其他三个季节都是描绘他们返城以后的奋斗和迷茫。

"80后"的年轻人演绎着他们父辈的痛苦,一句句台词显然没往心里去。无法责怪他们,不仅由于缺乏体验,也因为台词实在没什么意思。舞台上四季流转,观众席间静默无声。我不知道那一代人,包括濮存昕、李雪健这些当年的演员,如今再看这出戏是什么感受。但是幼稚的剧作、简陋的导表演手法,不由得让人叹息:我们的新时期话剧,起点是多么低啊。

后来一位23年前看过《WM》的前辈说,戏的具体内容他虽然忘了,当年的激动却历历在目。这曾是一出切中时弊、表达一代人心声的戏,演员非常有激情,剧作者的风头一时无两。

《WM》反映的一切已经时过境迁,当情绪的外衣坠地,粗陋的戏剧肌体就显露无遗。但是在艺术层面较劲实在是一种没有任何意义的苛责,我想,在今天看来,这出戏依然有耐人寻味之处,甚至可以说,表现出某种不同寻

《WM 我们》
林兆华戏剧工作室
2008年12月23—26日 9剧场
编剧：王培公
导演：王贵
主演：王伟国、李宗雷、孙娜等

常的"敏感"。

剧中人返城后，逐渐找到并确立了自己的社会角色：个体户"大头"在赢得爱情的同时也赢得了最初的资本，发财后开始为自己没有社会地位而愤慨；国家干部"板车"要迎娶局长的女儿，以便继续在仕途上攀爬；画家"公主"抛弃了文艺青年的苦恼，投身时装设计；大学生"修女"恋爱受挫，但将要出国留学；高干子弟"鸠山"对工作东挑西拣，最终投身电视台当了导演；献身爱情的"小可怜"恢复了资本家后代的优越地位，却开始感到婚姻的不幸……这些曾经的时代青年，为自己被欺骗，为自己抛弃梦想,为自己的卑鄙行为,为种种无法满足的欲望,苦恼、迷茫,满怀怨愤。

让我们假设剧中人继续成长,沿着社会的轨道逐渐成熟——20年后,他们将从边缘走到中心,拥有我们今天非常熟悉且令人羡慕的身份:企业家、高官、设计师、海归、媒体人。而剧中唯一坚守梦想的"将军"呢?他因为在战争中受伤被迫退伍,如今,他可能已经消失在历史中,成为一个晦暗的影子。

《WM》的作者,无意中描绘了今天羽翼丰满的"社会精英"的雏鸟阶段。他当年为剧中人选择的社会身份,经过二十余年的变迁皆已开花结果。正是在这个意义上,《WM》可以视为一部独特的历史文献剧。如果它当年确实是贴近生活提炼生活的,那么,它作为今天的伏笔实在并非儿戏。剧中人的沉浮荣辱,恰似一个无意识的预言。

戏剧停滞在以往的时光里,生活的舞台却从未落幕,为一个个具有典型意义的剧中人安排好了未来的情节,但结局却还难料——因为风云变幻的2008年,让我们再也不敢妄言历史的终点,现实的戏剧性已经超越了舞台的想象和创造,隐藏着更为深刻的历史因果。

历史的因果链条无始无终,曲折地延伸在过去与未来的时空之中。然而我们斩断这链条的愿望总是异常强烈。比如《WM》,就习惯性地在苦难的"冬天"和其他三个季节间切上一刀,好似戏曲舞台上常见的,锣鼓点一变,青天大人登场,戏剧性的转折出现。2008年轰轰烈烈的"改革开放三十周年纪念",何尝不是这类"戏剧思维"?难道真的有一段历史,可以天然地具有一个封闭的端点,只向未来延伸?一旦历史被孤立、被抽离,纪念就将漂浮在现实之外,变成怀旧的秀场。

今天的《WM》在舞台层面仅具有怀旧功能,其意义远在剧场之外。WM,这两个互相颠倒的字母,依然意味着那个永恒的提问——我们是谁?我们从哪里来?我们到哪里去?

2008年12月29日

在《操场》边醒来

"睡了吗?"

"嗯,睡着了。"

走出首都剧场,询问了几个同去看《操场》的伙伴,原来大家都在不同的段落小小地睡了一觉,我也就不用内疚了。

尽管《操场》比较沉闷,我还是愿意为它献上真诚的掌声,因为它不同于那些已经成为市场主流、普遍业余的搞笑戏,它的剧本和舞台呈现至少达到了专业水平,是一出地道的话剧。在当今娱乐至上的舞台潮流中,它更是十分罕见的"严肃",编剧邹静之先生掏心掏肺的困惑、辩难和思索,再次提醒我们戏剧也应具有提问和思考的形而上功能。

在我有限的印象中,中国的舞台上,以知识分子自我反思、自我批判为主题的戏并不多,《操场》正是这样一出戏。女研究生被疑和教授老迟关系暧昧,导致她答辩没能通过。女生愤愤地要"做实"那份暧昧,老迟在关键时刻退缩了。他对自己的人生困惑而失望,与妻子的关系也陷入了僵局,遂离家出走寄身于一个操场。三天时间,他的所见所闻所感,杂以意识流式的独白,成为这部戏的主体。有人给他讲述了在操场上的痛苦往事,他大为感动,觉得找到了"文学高于生活"的例证,结果却发现自己被骗,那人不过是编了个故事好让他帮忙偷走操场上的铁制裁判台;他斥责一个自诩为"读书人"的学生夸夸其谈却不肯为丢掉饭卡的同学买一餐饭,结果他也用自己的冷漠和夸夸其谈帮着葬送了一个被误诊为癌症的人的生命……戏剧的情境有些夸张,死者开口的段落有些荒诞,但是依然不难体会编剧的用心——邹静之先生,要批判知识分子的冷漠自私、耽于修辞、百无一用、缺乏行动力。

性别问题在这部戏中颇为有趣。所有的"痛苦"和"思索",都交给了男性——老迟,编故事的家伙,自杀的男人。而剧中的女研究生、女大学生、妓女,个个是小辣妹,精明世故,洞彻人心,作风凌厉,直截了当。她们处处反衬着他们的虚伪懦弱,他们空洞的幻想和哀叹,对她们来说不过是一张苍白的窗纸,一捅就破,一撕就烂。男性哈姆雷特式的彷徨,再也不能打动人心,反倒成了女性嘲笑和抛弃的对象。如果说缺乏行动能力是知识分子的普遍困境,那么性别隐喻则令这种困境雪上加霜。但是,剧中的女性,本质上是一个角色,她们讥讽和放肆的笑声,建立在绝对的自我和自利之上,包容、理解这类传统的女性词汇也荡然无存。不知道邹静之先生这样的刻画是有意还是无心,但他显然把男性刚强、女性柔弱的传统性别模式做了个颠倒——这个镜像是戏剧的需要,还是生活的必然?

《操场》
龙马社
2009年2月 首都剧场
编剧:邹静之
导演:徐昂
主演:韩童生、陈小艺、李建义、龚丽君、班赞等

《操场》的演员相当不错。如果不是韩童生松弛而有节奏的表演，老迟这个人物必然乏味而莫名其妙。陈小艺一人分饰三角，是干脆爽利的辣妹形象的不二人选。近年来较少出现在舞台上的李建义饰演自杀男人，台风沉稳，台词非常舒服，让人眼前一亮。

《操场》是邹静之、刘恒、万方领衔的"龙马社"的开门戏，作家确实把久违的文学色彩带给了舞台，不少台词荡漾着诗意，体现了邹静之先生的诗人本色。但是，文学性不等于戏剧性，戏剧的诗意和内涵也并非完全建立在台词的优美和复杂之上。用简洁的日常语言传达出复杂的信息和内在的诗意，是戏剧的更高理想。

这是一出没有解决的戏，老迟最终还是困在操场上，找不到人生的答案。戏剧在疲劳中结束，指向了现实的迷局。然而，昏昏欲睡的时刻会过去，我终于还是在《操场》边醒来。即使它没有击中我的心脏，没有令我屏住呼吸，我还是愿意享受这久违的戏剧的空气，一如春夜的寒意，像细小的针尖微微刺痛皮肤，提醒着我们在娱乐之外戏剧的另一种面貌。

2009 年 2 月 27 日

老天赏饭吃的人

距中戏不远,在东棉花胡同和北兵马司胡同之间的一条小夹道里,有一个名曰"蓬蒿"的剧场兼酒吧。剧场小而舒服,玻璃屋顶,淡淡地透着天光。

年初,根据刘恒的小说《苍河白日梦》改编的电视剧《中国往事》在荧屏上来回放,貌似深沉实则很不靠谱,编剧兼主演赵立新大约很容易被人们忽视吧。可是,如果你见过他在舞台上的样子,看过《备忘录》和《婚姻风景》,你就不会忘记赵立新这个名字。

是 2008 年吧,有部电影叫《杀手没有假期》,四处流传,口碑极好,它的编剧兼导演是马丁·麦克唐纳。电影是提升知名度的捷径,其实,这个马丁首先印证的,是爱尔兰人的戏剧天赋,1996年,他的戏就在伦敦和纽约的舞台上走红了,2004年,他的《枕头人》获得英国奥利弗最佳戏剧奖。

拉拉杂杂地闲扯,是为了让赵立新、马丁·麦克唐纳和蓬蒿剧场在《枕头人》的剧本朗读会上相遇,那是在今年的一个春夜。

剧本朗读会,就是没有布景,没有灯光,没有舞台调度,没有形体动作,没有表演交流,几张桌椅,演员坐下来,按照角色朗读剧本。辅助的舞台手段一旦去除,剧作的质量和演员的台词功力就无处遁形。四位演员——特别是赵立新和薛山情绪饱满、层次分明的念白,让《枕头人》的故事干净、纯粹地填满了小小的剧场,让这个黑色的空间变得更加神秘、深邃。

作家总会有一个埋藏在心中的母题,一个创作的发动机,轻轻一擦,便火花四射。马丁·麦克唐纳可能对杀害儿童特别感兴趣,至少《杀手没有假期》和《枕头人》都是如此。

《枕头人》的背景设定在一个集权国家,共四个角色——两个警察、一位作家以及他弱智的哥哥。城市里连续发生虐杀儿童的事件,孩子死去的方式和作家在小说中描写的一模一样,剧情就在警察对作家兄弟的讯问中展开。

《枕头人》的美妙之处在于，马丁·麦克唐纳天才地在剧中铺展开不同的情节层次和时空层次——作家和警察的交锋、审讯和枪决是一个层次；作家笔下多个虐杀和拯救儿童的故事是一个层次；作家兄弟的亲身经历，作家如何救护被父母虐待的哥哥又是一个层次。在变幻的时空中，现实和幻想，亲历和故事的界限模糊了，它们彼此穿插，相互映照，回环往复，犹如一个不断旋转的万花筒，纷至沓来的故事和意象，最终组成了严整、对称、完美的图案。

　　童年创伤、虐待、谋杀、暴力的审问和枪决——《枕头人》足够黑色，黑色中滴着鲜血，但是黑色中也洋溢着奇特的纯真。那个弱智的哥哥，按照作家的小说情节虐杀孩子，为的是他们将来不再经受苦难，他坚信自己就是故事中的"枕头人"，想保护孩子，就要在孩子依然快乐的时候送他们上天堂。还有那个执着的作家，他发现哥哥是凶手，他给哥哥讲了一个快乐的故事，在他沉入梦乡之际含泪用枕头闷死了他（作家也履行了"枕头人"的使命），然后他承担下所有的谋杀案，他不在乎性命，只希望自己写的故事不要被销毁……剥下鲜血淋漓的黑色外衣，《枕头人》实际上是一出关于故事的戏剧。故事诞生了现实，现实是故事组成的，故事构成了生命，生命可以用故事来交换。我愿把《枕头人》看做一个剧作家、一个创作者纯真的自白——故事为王。就像剧中的作家说的："小说的首要任务，就是讲故事。"

那么故事究竟是什么呢？故事是生命的宝石，闪耀着人类的经验、情感和智慧。故事一旦被创造出来，就成了自足的存在，它被不同的人讲述和实践，再变成新的故事，如此代代流传，生生不息。有时候，就像《枕头人》中那一个个带有童话风味的故事，它可能会越出道德的藩篱，成为人们内心的一个黑洞，成为社会规范的一个伤口。在这个层面上，《枕头人》将"故事"赋予了形而上的意义。那个"集权国家"的设定，与其说是针对个体，不如说是针对故事。在剧中，主审的警察也讲了一个故事，表明了自己作为主宰者的地位和智慧，然后他枪决了作家，还命令手下销毁作家曾拼死保存的手稿。集权、专制和暴力体现在——以正义的面貌，掌握讲故事的权力，消灭其他讲故事的人，消灭异端的故事。

但是故事的生命是顽强的，它会抓住任何微小的机会活下来。就像作家那叠手稿，因为另一个警察一时的犹豫，或者说是出于"只有他自己才知道的原因"，避免了被付之一炬的命运。《枕头人》就这样落幕了，按照马丁·麦克唐纳的说法："这一变故搅乱了作者原本时尚的悲凉结尾，但不管怎样，它多少保存了这一事件的精神本质。"专制和暴力可以消灭讲故事的人，但终究不能消灭故事，这就是令人感到些许安慰的"精神本质"吧。

写舞台剧是需要天分的，有阅历有思想文笔好能吃苦，未必就能写戏。马丁·麦克唐纳，就是那种老天赏饭吃的剧作家。他的剧本，未见得多么深厚，但是聪明、锐利。他以蜘蛛一般的耐心和技巧，编织了一张细密严整、层层叠叠的故事网，轻易地就将观众捕获。

朗读会上，伴随着演员们抑扬顿挫的念白，我看到了故事的蛛网，在剧场的黑暗中闪闪发光。玻璃屋顶上方，大树灰白色的枝丫在明净的春夜里温柔地伸展着，像是要护佑这一方小小的黑暗。故事的灵魂在剧场中游荡，寻找着人们安静的呼吸——新的故事，将在它和人们相遇的时刻，诞生、飞翔。

2009 年 5 月 28 日

光荣骑士

是谁最先决定了堂·吉诃德的视觉形象？达利、毕加索，还是早于他们的艺术家？塞万提斯所描绘的"身材削瘦、面貌清癯"的愁容骑士，从什么时候起变成了一个瘦骨嶙峋、逸笔草草的黑影？这个形象是如此经典，以至于在《堂·吉诃德》的舞台上，灯光投射出的剪影，比主演郭涛实实在在的身体还要逼真。

孟京辉的话剧《堂·吉诃德》，我看的是中戏的彩排场。首先吸引我的是灯光，最有新意的也是灯光。能在中国的舞台上看到真正有些想法的光，不容易。灯光的作用，并非仅仅是照亮表演区域，它对营造戏剧氛围，创造舞台深度至关重要。《堂·吉诃德》的光,不再那么单调和平面,终于有了对比,有了层次。

和孟京辉以往的戏一样,《堂·吉诃德》也大量使用了多媒体,据说颇受好评。但我以为,比起灯光凝聚的力量,多媒体是次要的,它仅仅是时髦罢了,或者说是一种可以让导演偷懒的时髦——用动画片讲述人物的基本背景,用动画片表现大战风车之类的场面,不是很省事吗?这样就不用面对戏剧叙事最富挑战性的部分,反正多媒体加旁白的影视模式,观众一看就懂。多媒体进入舞台,已经势不可挡,用得好,确实能增加戏剧的表现力。但是我想,戏剧毕竟不是电影,舞台的本质是真人,而非影像。一段剧情,一个场景的设计,要看的终究是导演的智慧,是演员的表演,一旦多媒体的视觉效果喧宾夺主,戏剧的本质就丧失了。

不过,尽管多媒体影像过于显赫,《堂·吉诃德》还是给演员留下了大量的表演空间。这台戏的主演,郭涛、刘晓晔、杨婷等等,都算孟京辉的老班底。据说郭涛为了堂·吉诃德这个角色,极辛苦地减肥,他在舞台上一亮相,那削瘦的外形确实让我吃了一惊。可惜他绷得太紧,身体显得过于紧张,不够自然。不过郭涛是好演员,他大段的独白,表现出了堂·吉诃德诗意的本质,令人怦然心动。至于扮演桑丘的刘晓晔,基本延续了他在成名作《两只狗的生活意见》中的表演路数,搞笑而已,了无新意。

伴随着刘晓晔、杨婷等演员的登场,《堂·吉诃德》也迅速滑入了孟京辉戏剧以恶搞为主的老套路,一个个桥段似曾相识,不高明的脏话和性喜剧如期而至,观众的笑声也随之降临。《堂·吉诃德》算不上一出好戏,但对孟京辉而言也算正常发挥,无功无过——前提是不要怀着对名著的崇敬去看戏,不要怀着对导演的期待去看戏,而是努力去发现剧中灵光一闪的新意,那么,这个夜晚就不算虚度。

散场后走在中戏的胡同里,雨水刚刚打湿了路面,润泽的空气带着初秋的爽意。我回味着郭涛的表演,想起了另一个"堂·吉诃德",那是大学时代的一次讲座。谁说堂·吉诃德必须形销骨立呢?巨大的阶梯教室,一个矮矮胖胖、花眉笑眼的小老头走进来了,往讲台前一坐,只露出一颗硕大的脑袋。他的题目是"堂·吉诃德和哈姆雷特的东移",他讲了这两个著名的文学形象,如何从西方来到中国,如何在一代代人的阐释中日渐丰满,作为知识分子的两种典型人格,象征着"丰富的痛苦"……那个遥远的夜晚,回荡着真诚的思索和求知的渴望,远比这个坐在舞台下审视、打量的夜晚激动人心。

堂·吉诃德的意义,在今天"三一律变成了三声律

(掌声、笑声、安可声)"的舞台上是找不到了。但是,光荣的骑士依然活在回忆中、书本中、现实生活中。

2009 年 10 月 11 日

飞吧，海鸥

契诃夫的《海鸥》，如果不是我最热爱的戏剧，也是"之一"。多年以前，北京人艺舞台上由莫斯科艺术剧院总导演叶甫列莫夫执导的那一版《海鸥》，是我的戏剧启蒙课。那堂课只留下一个模糊的背影，我一直以为，是自己当时年纪小，不能理解这部作品，而看了小剧场的《海鸥·海鸥》，我冒出一个想法：如今已然星光灿烂的人艺演员们，当年大约并没有表现出契诃夫的内涵；而我一直渴望的中国舞台上的契诃夫戏剧，在某种程度上由一位非常年轻的导演杨申实现了。

那是 2009 年岁末，清冷的冬夜，国家话剧院小剧场。

《海鸥·海鸥》
国家话剧院
2009年12月9—20日
国话小剧场
原著：契诃夫
导演：杨申
主演：商子见、曲双双、赵寰宇、高宝宝等

一条松垂的白练，横跨过简约的舞台，异常醒目。随着戏剧的展开，我渐渐明白了一种舞台特有的智慧，如此简单的装置，竟然能够提炼和凝聚这出戏的灵魂。

《海鸥·海鸥》的剧本也是由杨申改编的，据说是为了让观众更加明白易懂，他忍痛删去了四个人物。戏剧开场抽取契诃夫的台词，增加了一个序幕，让所有的角色亮相：特列普列夫、阿尔卡金娜、特里果林、尼娜、玛莎、梅德维坚科。这样的改编，包含了契诃夫原作中最富戏剧性的部分（比如三对"三角关系"、母子矛盾、创作的痛苦等），而相对次要的冲突，则随着角色的变动被舍弃。这种修剪"枝蔓"的改编，固然会弱化契诃夫的丰富性，但也使剧情更集中，导演的意图更突出——杨申还将特里果林的身份由作家改为剧作家、评论家，这意味着《海鸥·海鸥》变成了针对中国当前戏剧环境的尖锐之作。契诃夫终于走上了中国舞台，既延续着他恒久的思索，也挑战着最切近的现实。

在北京的戏剧圈、媒体圈内，杨申有"戏剧公敌"之称。我不知道这个称号是怎么来的，但我猜想它包含着易卜生所谓"人民公敌"式的反讽和骄傲。杨申是科班出身，上过中戏，后留学俄罗斯，就读于彼得堡戏剧学院，回国后在网络媒体做过戏剧记者，撰写了大量戏剧评论，一向以有话直说，不写吹捧文章自勉，痛批烂戏及舞台现状。契诃夫的《海鸥》是他排的第一部戏，也是他做了很久的梦。于是在暗含着惊叹号的《海鸥·海鸥》中，我看到了杨申如何化身为剧中人，将戏剧现状之批判，将创造的激情和自身的困惑，倾泻而出：

> 我不接受现在的戏剧和市场！的确，很多人觉得现在的戏剧环境还不错，有的人，比如我母亲，自以为是在为人民服务。她在剧院里表演那些老套的戏，要不就是婚外情，要不就是老北京生活，要不就排个"戏说历史剧"。幕布一拉开，脚灯一照亮，在一间有

三堵墙的房间里，这些伟大的天才，这些所谓的艺术家们、创作者们，就给我们表演起人们怎样吃饭、怎样喝茶、怎样恋爱、怎样走路、怎样穿衣；他们拼命想从那些庸俗的场面和台词里，挤出一点点浅薄的、离不开家长里短的说教，或者是纯粹为了娱乐，说说男欢女爱！当然，洒狗血的商业戏剧就不用提了。还有什么实验戏剧，弄点积木一搭，设计点扭曲怪异的形体动作、把很粗浅的台词颠倒一下位置，弄个摇滚乐队在台上伴奏，这就成了先锋！哼，其实完全是现实主义功力不够！更可笑的是，每个导演都拿自己当大师，都不允许别人挑战他的艺术理念。他们排挤新人，希望最好全国就他们几个人能够排戏，这样才好到处去圈钱！有一天我要是写评论，一定狠狠地抨击这种现象……当然，我现在是要用我的戏来说话，就在今晚！你明白吧？（特列普列夫台词）

我爱看戏，也爱写评论，可很多时候我感觉自己是被逼着写。一部大戏上演了，如果我不写，就好像是缺了点什么。别人也会觉得你是不是不敢写啊，是不是有人情关系啊等等。甚至，我批评的时候，有人会认为我是刻意去攻击个人，我夸奖的时候，有人又会认为我是收了人家的好处费。每当一部戏首演后，我就是最痛苦的时候，是写？还是不写？……无论是先锋的,还是传统的,甚至是恶搞的、低俗的戏,没有人会因为你的评论而改变自己,每个人该怎样创作还是怎样创作。我不是教师,也没有义务教导他们如何创作。当然,更不会有人听我的,他们只会说:"有本事你丫自己排个戏!"(特里果林台词)

请原谅这大段的引用,没有比杨申本人的台词,更能说明他"特列普列夫"式的梦想和痛苦了。但是,仅有批判的勇气和创作的激情并不能成就一出戏。戏剧,需要良好的专业技巧,在这方面,杨申也表现出耀目的才华,让我惊喜,也让我感叹俄罗斯深厚的戏剧传统和戏剧教育的成就。

契诃夫的戏是最难演的。他的多义性、喜剧性,他的平淡、含蓄、诗意,一向是考验创作者的试金石。也许是因为年轻,也许是因为个性,也许是因为有太多不吐不快的感受,杨申没有在含蓄上下工夫,而是将角色的心理和情绪充分外化,那匹贯穿全剧的白布,就是他最有力的助手。演员们或把白布当做轻盈的秋千,或缠裹、翻滚在其间,形体有了充分的支点,并努力寻求着台词和形体的结合。角色内心的情感随着白布扭绞旋转,清晰可感,全剧的大小高潮,也一次次被这匹白布吊起。类似的秋千式的舞台手法,我曾在来京演出的俄国戏《狼与羊》中见过,但杨申的处理绝非简单模仿,而是一次非常聪明、非常有效的实践。

阿尔卡金娜和特里果林有一段"激情戏",也是通过这匹白布实现的。最初看到这场戏,我心中一惊:难道契诃夫写过床戏?回家后重读《海鸥》第三幕中这一段落,觉得有趣。床戏也许不是契诃夫的本意,在他的时代绝不可能这么演,但谁说今天不可以把妒火攻心的阿尔卡金娜那些充满控制欲、既癫狂又有心计的台词,"外化"成一场床戏呢?这样的处理,确有耳目一新之感。契诃夫以及所有经典剧作的魅力,正在于精妙的台词背后,隐藏着无数种可能。

在其他比较常规的呈现方面,诸如戏剧节奏、舞台调度,等等,杨申都体现出了应有的专业素养。这看上去理所应当,可是在如今的市面上,太多似是而非、极其业余的戏大行其道,能看到一出真正有专业水准,真正体现了舞台的特性和深度的戏,并非易事。

当然,《海鸥·海鸥》并不完全吻合我对契诃夫的理解,可能和许多人的理解也有差异。比如,将阿尔卡金娜、特里果林这样的"中年人""权威",整体上处理得那样傲慢、自私、猥琐,或许失之简单。就契诃夫的丰富和诗意而言,杨申做得不够平衡,不够深入。作为年轻的戏剧人,他将大量的激情倾注在了具有同样身份的特列普列夫身上,用他的目光来打量和批判这个充满敌意的世界，抒发内心的愤懑。但是，这种青春的骄傲，挑战权威的快感，无可排遣的苦闷，对自我的期许、反讽和幻灭，恰恰也成就了这出戏锐利、闪亮的气质——《海鸥·海鸥》是杨申的契诃夫，个性鲜明，独一无二。我从未看到过一出戏，如此激烈地以个人意志来创排经典，它或许有稚嫩之处，但这稚嫩的底色是反抗，当这反抗指向的是歌舞升平、唯利是图、水准低下的中国戏剧现状，就尤其令人动容。

《海鸥·海鸥》是2009年国家话剧院青年戏剧PK营里的一出，我不知道PK的结果如何，其他三出戏没看过。但是我觉得，就艺术水准而言，《海鸥·海鸥》完全可以和许多成名导演PK一下。我不知道那些沉浸在大制作、伪先锋、明星制、多媒体中的名导们，看到后生小子的作品会有何感想——当然，很可能他们什么感想都没有。

像杨申这样年轻的导演们，会给中国戏剧带来什么？他们拥有热情和才华，缺少的是机会——那种不仅仅盯着票房，允许他们实践，也允许他们失败的机会。

一百多年前，契诃夫、丹钦科、斯坦尼斯拉夫斯基历史性的相遇，造就了莫斯科艺术剧院。《海鸥》的首演失败了，但海鸥最终永远地飞翔在莫斯科艺术剧院的幕布上，纪念着那次伟大的戏剧革新，成为戏剧理想的象征。中国的海鸥们，也需要一片广阔的舞台，伴随着浩浩天风、郯粼波光振翅翱翔。如果他们竟不幸成为剧中被射杀的猎物，如果他们也遭遇了剧中因"无事可做"被毁灭的命运，那还是契诃夫所说的"喜剧"吗？

那样的喜剧，也是时代的悲剧。

2010年2月10日

梦寐之光

《外套》终场,灯起人散。我和同伴坐着没动。有个戏剧学院科班出身的朋友就是好,她帮着我数灯。舞台顶部有几盏,侧幕有几盏,侧光、追光在哪里,都是怎么打的……在已然一片明亮的首都剧场里,回味刚才凸现在黑暗中的束束光影,犹如梦寐。

壁虎剧团的《外套》,从爱丁堡艺术节脱颖而出,名声赫赫。它根据果戈理的同名短篇改编——不过就文学改编而言,我觉得它有点好笑。果戈理讲述了卑微的小公务员阿卡基因新外套被抢,申诉无门,竟一命呜呼,从此化为彼得堡夜色中游荡的鬼魂,到处扒人们的外套。但在戏剧中，这个刻毒、诡异、影响深远的故事面目全非，阿卡基变成了浮士德，为了赢得美人的芳心和作为奖品的外套，把灵魂出卖给了魔鬼……这是西方人最熟悉的母题，它成立，但就文学的鲜活、丰富、深刻而言，它只是一个粗坯，无法与果戈理或歌德相提并论——但是那又如何？戏剧兼有高妙的文学性最好，但戏剧不是文学，戏剧，是演的，不是读的。

8个演员，面孔一律涂白，据说使用了8种语言，他们说什么语都无所谓，他们即使满嘴胡话自己发明一套语言也没关系，因为他们的形体、声调和节奏感足以表达一切。一切都是精准而细腻的，唱念做舞，样样俱佳。

其实，在外来的好戏中，这样训练有素的身体、准确灵动的表演并不罕见，《外套》真正让我惊艳的，是它的舞台，尤其是灯光。它真正体现了戏剧作为"舞台艺术"的特性和深度。

那是一个深邃的空间。符合壁虎这样的旅行剧团的需要，布景简洁、实用而多变，场景的转换往往在灯光的明灭之间。一灯如豆，在黑暗中燃烧，演员们举着最简单的道具簇拥在主人公身边，就是一个逼仄的居室；几盏灯一灭一亮，喧闹的办公室瞬间就变成了清冷的街道……这般用光的巧思，以及用光分割出丰富的空间、用光影明暗拓展舞台深度的杰出想象力，我在中国的戏剧里，从未见过。

说我们的舞台光仅仅用来照明，显然过于苛刻了，但我们用光恐怕从未达到过《外套》的水平。与国外的剧团相比，我们的舞台光普遍平面化，比较"亮"也比较单调，缺乏明暗之间的纵深感也缺乏变化。一些粗糙无脑的戏，干脆把戏剧舞台的用光等同于晚会。我一直为此感到困惑，也一度觉得这是创作者学艺不精、技术粗陋的缘故，但现在，我开始觉得这无法强求——因为这两种截然不同的舞台效果背后，埋藏着各自艺术传统的重大分别。那是先天的基因，代代延续，无论怎样改良嫁接，石榴树上毕竟结不出樱桃。

《外套》以及许多西方戏的用光，都有一种"油画"效果，主体凸显，高光精确，明暗对比强烈，有阴影，讲纵深。光，是西方艺术的核心元素，在文艺复兴以来的绘画、建筑中体现得最为鲜明（想想卡拉瓦乔的画，哥特式教堂的窗吧），西方绘画的写实和透视技巧，离不开对光的表现。或者我们还可以上溯到"创世纪"——"上帝说，要有光，于是有了光。"基督教文化把上帝指认为光的来源，在上帝之光的笼罩下，世界有了天堂、炼狱、地狱的结构（但丁的《神曲》），天堂指示着光明，地狱意味着黑暗。这种对光的理解、这种明暗对立的思维深深地植入艺术的骨髓，经过一代代曲折的演变同样化入电影，化入舞台。光，既有实际用途，又是"艺术的、太艺术"的呈现。

《外套》
英国壁虎剧团
2010年11月5—7日
首都剧场
原著：果戈理
导演：阿米特·拉哈弗
主演：乔治娜·罗伯茨、娜塔莉·艾顿等

对光的理解，是不同艺术传统的重大命题。伊斯兰细密画不表现光线，不讲透视，没有阴影，没有远近里外之分，夜晚和白天一样的明亮。因为在伊斯兰的传统中，绘画应该出自"心灵之眼"，采用的是全知视角——也就是真主的视角。

那么中国呢？中国人讲阴阳，但阴阳不仅意味着明暗，也意味着正反、冷热、干湿、南北……它们的对立转化，构成了一套对世界的系统认识。而在这套系统中，"光"是一个自然的、不成问题的存在。白日阳光普照，何妨青山独往，放歌纵酒；夜晚月色溶溶，可以秉烛夜读，凿壁偷光。"光"不是中国艺术的灵魂,马王堆1号汉墓"引魂升天"的T形帛画对天国与人世的明暗一视同仁,历史悠久的文人画又何曾在明暗上费过周章?这并不是说,我们的艺术传统对光的效果和美感完全缺乏理解,但我们描摹光线与空间,是与西方截然不同的另一种思维,另一套笔墨。中国传统的舞台艺术,也是如此。

京剧《三岔口》中那段著名的摸黑打斗,倘若舞台一片昏黑,观众恐怕是要骂娘的。在传统戏曲中,灯光最本质的功能是照明,让人们看清演员的身段步法、一颦一笑。因为戏曲艺术舞台呈现的核心在于演员,戏的时空,无论高山大河还是小桥流水,无论艳阳高照还是夜色昏黑,都可以通过演员的表演来呈现。如今的戏曲,受到西方戏剧的影响,喜欢在舞台上设置复杂的布景和灯光,一旦用得不好,就是个累赘,会对演员表演乃至戏曲之美造成伤害。

那么,在戏曲之外,我们的话剧舞台,就应该遵从西方人用光的标准吗?我以为是的。

因为所谓话剧,原本就是舶来品,那是一个千锤百炼的成熟传统。作为综合性的舞台艺术,灯光并非剧本和导表演的附庸,它是一门精深的艺术,对舞台呈现至关重要,它不仅带来意想不到的视觉效果,也能彰显戏剧的气质和灵魂。

《外套》的结尾,可怜的阿卡基最终没能成为浮士德博士,没能被"永恒的女性"引导到天堂。他弯腰曲背,由魔鬼领着,走向舞台深处的一道寒光,身后拖着巨大的暗影。歌德临终时呼唤着:"多些光!多些光!"西方文化的精英们,在他们的明暗之间挣扎苦斗。今日的电影与舞台深处,他们摇曳的灵魂,依然散发着一道道艺术之光,令遥远的我们肃然起敬,反照自身。

2010 年 11 月 11 日下午

笑，是一所大学

《喜剧的忧伤》据说是人艺60年来的票房冠军，我幸运地看了首演，盛况令人雀跃，陈道明的号召力巨大。不过对我而言，海报上最吸引人的是编剧的名字——三谷幸喜。

最初知道这个日本人，自然是著名侦探剧集《古畑任三郎》，谁会忘记田村正和、西村雅彦饰演的那对搭档呢？后来又看过美食励志剧《奇迹餐厅》，其中的活宝多得目不暇接。三谷幸喜是罕见的喜剧天才，风格近乎漫画，夸张与真实、戏谑与严肃、讽刺与温柔，总能奇妙地融为一体，而且与一般的电视剧不同，舞台感极为醒目。三谷纯正的戏剧才华,最终呈现为著名的舞台剧——《笑的大学》,也就是中国版的《喜剧的忧伤》。

我无缘看到日本舞台上的《笑的大学》,但它有电影版,主演是役所广司和SMAP的成员稻垣吾郎。如果除去很少的外景、必然的特写镜头,舞台剧的面貌大体不变。

《喜剧的忧伤》基本忠于原作,背景从1941年的日本,改为1941年的重庆。电影中那条走廊也被搬来,伸向舞台后方,显示出更为深邃迷人的空间。杰出的剧作、精彩的表演、洗练的舞台,《喜剧的忧伤》闪耀着经典戏剧纯粹的光彩。

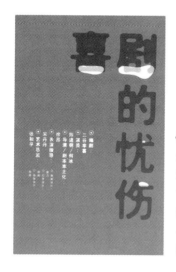

《喜剧的忧伤》
北京人艺
2011年7月21日—8月9日
首都剧场
编剧:三谷幸喜
导演/剧本本土化:徐昂
演员:陈道明、何冰

我觉得，三谷的剧作，结构、情节、角色、台词，皆可作教材。两个角色，陈道明扮演的文化审查官，何冰扮演的编剧，天然的矛盾对立；七场戏，七天，线条极为清晰，我们可以看到这对矛盾怎样一步步细致地转化，旧的矛盾解决、新的对立诞生，逐渐将情节推进到高潮，再出现最关键的转折，明快地达成喜剧的升华；戏剧冲突的不断推高，伴随的是角色性格命运的呈现和转变，他们以不同的方式完成了自我塑造，并呼应着战争年代个人选择的深刻主题；日常化的台词中，令人会心的冷幽默闪闪发光，抒情段落饱满而精炼，点到即止，绝不泛滥。

陈道明的表演相当精彩。他一亮相，一开口，原本对他多年不上舞台的疑虑便打消了。他吐字清晰，形体漂亮，节奏准确，特别是那场配合编剧修改剧本，扮作警察局局长，满台追逐的重头戏，夸张、滑稽却又有一种出人意料的优美，魅力四射，赢得满堂彩声。美中不足的是最后一场戏。所有的矛盾解决，剧本终于通过，编剧却无所谓了，因为他得上前线当炮灰，无法看到自己的心血上演。这时，审查官的戏份将升华全剧，高扬反战主题。陈道明似乎更善于把握那种冷硬、尴尬中冒出的喜感，而需要正面塑造，需要其他层次的情绪时，他没冲上去，还是演得比较刻板。所以最后一场戏立刻掉了，全剧稀里糊涂地结束，没能达成有力的收官。

最后一场戏还有个尴尬。审查官对要上前线的编剧说，要活下来，听见枪响就趴下，甚至鼓励他当逃兵——在日本，这样的台词是光明正大的反战，可是在1941年的重庆，抗日战争的背景下，该怎么理解呢？在作为侵略者的日本是反战，在作为受害者的中国却成了不抵抗和逃跑主义，这是太过"戏剧化"的反转，也是改编者欠考虑之处。

喜剧有它的"忧伤"，而笑更是一所"大学"。三谷幸喜并未按照惯常的思维，来处理权力压制与艺术创造这对矛盾；相反，他很明确地阐释了它们相互博弈又相互激发的本质。编剧原本写了一出庸俗的市民喜剧，在审查官挑剔的目光下，编剧挖空心思，既满足审查制度，又将其要求变成新的笑点，结果令剧本更为精彩。编剧有一段抒发心声的台词，他说顺从的修改，就是他抵制审查，对抗权力的方式，就是喜剧的本质。喜剧的内涵，从剧作本身延伸到了现实生活和心灵世界。笑成为对抗暴力的方式，笑是所有人都能掌握的武器，在这所大学中，我们脱胎换骨，我们被权力改变，却也潜移默化地改造着那些暴力的存在——这，仅仅是一出令人捧腹的戏吗？人有主体性，韧性的战斗蕴含着巨大的能量，如果中国艺术家也有三谷幸喜这样的自信和才华，或许我们就能少些牢骚，少些庸俗之作。

谢幕之时,鲜花如海,掌声雷动。无论主演陈道明、何冰,还是幕后的表演指导宋丹丹,都无愧于观众的热情。陈道明照例寡言:"太晚了,回家睡觉吧。"纵然稍显矜持,这个谨守着边界的演员,依然让人心生敬重。《喜剧的忧伤》,是舞台的欢乐,它会让戏剧纯净的光芒,照亮更多的心灵。

2011 年 8 月 1 日

硬邦邦的契诃夫

传说中的莫斯科艺术剧院终于来到了北京,而且一出手就是契诃夫、《樱桃园》。幕布上那只飞翔的海鸥,是戏剧殿堂的标志,然而飞入首都剧场的海鸥,带给我的意外大于惊喜。

阿道夫·夏皮罗导演的《樱桃园》,风格快、硬而冷。台词处理得密不透风,场景衔接紧密,传统上谈论契诃夫戏剧常常涉及的抒情性,以及停顿、留白几乎见不到,甚至是被有意颠覆了。在最初的不适应过后,我意识到这大约正是这一版《樱桃园》的特色,导演的意图是非常鲜明的,并且贯彻得完整而清晰,讽刺性取代了抒情性,明确感取代了不确定性——女主人公拉涅夫斯卡娅和围绕着她的旧式地主、仆从们，是一帮与时代脱节、夸夸其谈、矫揉造作的无用之人。这固然是《樱桃园》的重要意图，但契诃夫的笔触是温暖而柔软的，他的人物，色彩没那么单一。

于是，我很意外地看到了"终身大学生"特罗菲莫夫是一个愤世嫉俗之人，总是在语速极快地叫嚷。"幸福来了，它在走过来，走得越来越近，我已经能够听到它的脚步声……"伴随着这段著名的抒情台词，观众可以看到有人从他和安尼亚背后悄悄走近又悄悄下场——我个人不太喜欢这种"喜剧"处理，它与契诃夫那种蕴含在角色性格中的、微妙的喜剧性是多么不同啊。

莫斯科艺术剧院《樱桃园》剧照（王晓溪　摄）
2011年8月15—16日　首都剧场　导演：阿道夫·夏皮罗

更大的意外是拉涅夫斯卡娅。她不通世故，矫揉造作，面对贫穷和败落束手无策，也不想有对策，她糊涂、软弱、天真、善良，也因此富有魅力，受人喜爱、被人娇宠。但是在舞台上，我只看到一个端着贵族架子、用平板而造作的语调喋喋不休的女人，没有丝毫可爱的感觉。这是一个神经质的拉涅夫斯卡娅，就像她那永不停止的手势。就做作和神经质而言，演员做到了，她长得很漂亮，但是表演缺乏层次，相当刻板。

罗伯兴这个角色比较成功，演员极有爆发力，购得樱桃园之后的那段独白是全剧当之无愧的高潮，与瓦丽雅之间的感情戏，也处理得自然而层次丰富。另外，结尾安尼亚著名的台词"别了，旧生活！你好，新生活！"是用幕后的方式处理的，很喜欢，觉得比演员跑到台前来说要简

莫斯科艺术剧院《樱桃园》剧照（王晓溪　摄）

洁和自然。

我不断自问,是否过度沉浸在自己对契诃夫文本的理解中,以致耳目闭塞,无法理解这一版《樱桃园》的独特之处?有可能。

或许,这正是我们时代的《樱桃园》,务在除旧布新。陈腐的过去需要抛弃,感伤的调子不合时宜。天边外的弦裂声早已断绝,砍伐樱桃园的利斧穿过百年时空,那锐利的声响已不能震颤我们的神经。

经典戏剧的魅力,就在于它无限的可能性,保守的态度会妨害经典的传承。拉涅夫斯卡娅无论是个宝贝还是个蠢货,《樱桃园》都是成立的,只是它们的滋味会完全不同。那么,看到一台出乎意料的《樱桃园》,一个硬邦邦的契诃夫,应该也很好吧。

2011 年 8 月 17 日

"面子"问题

5月,《蒋公的面子》来到北京,戏外比戏里热闹,情节更跌宕,冲突更激烈,人物更丰满,情绪更微妙。

面对"业余"的批评之声,该剧导演吕效平教授把观众分成了"知识界"和"戏剧界",说前者的接受程度远高于后者,比如在北大的演出是多么火爆啊!然后,有"戏剧界"人士认为吕教授在戏外的种种"秀"令人厌恶,以长微博宣战。针对戏的"批评"呢,也有,有大夸特夸宣布"历史上见"的,有演出没看过本子没读过就敢抡棒子的……

这番热闹,让我这个观众小小兴奋了一阵之后,忽地心中一凉。其实，我只想听人谈谈，《蒋公的面子》作为一出"舞台剧"，好在哪儿，不足在哪儿，而不是泛泛地谈"文化"，说"灵魂"，高举"知识分子独立性"的大旗，挥舞批判"果粉"的意识形态大棒——特别是在这出戏的分量原本不足以承载这一切，甚至完全错位的时候。

《蒋公的面子》，就导表演等舞台呈现环节而言，是得不到高分的。有人称其"质朴"，这个无法赞同，它只是简陋而已，就像那没什么想法，约等于照明的舞台光。演员吐字不清晰，稍一转身，我坐在侧面就听不清台词。舞台调度单一，全剧节奏单调，在"文革"与民国时空交替的框架下，人物"争吵—缓和—争吵"的模式不断重复，我想，节奏的某种琐碎感，也与导演处理欠火候有关。

戏剧不等同于文本，必须结合舞台呈现来整体衡量，但作为一出从综合大学走出的戏，《蒋公的面子》导表演弱一点，完全可以理解。毕竟它所创造的"奇迹"，人们首先赞不绝口的，是剧本，是一个三年级本科生的"天才之作"。确实，这出戏才华闪耀，颇多可圈可点之处。我的疑问是，我们需要夸到什么程度，才算恰如其分而不至于将人"捧杀"呢？难道戏剧评论，可以仅仅停留在人物分析层面，再意淫一下"知识分子的独立性"就满足了吗？我进一步的疑惑是，这出戏在剧作层面上的毛病难道不明显吗？既然导演都说它国内"一流"，国际上则是"三年级习作",为什么不能好好分析、争论一番它的短长,来帮助我们更好地创作呢?

再一想,觉得自己太矫情了。现在的微博,就喜欢借力打力,借题发挥。

《蒋公的面子》有一个非常好的戏剧动机,也有很好的角色设置,包括三个人性格色彩的分配,体现了难得的戏剧思维。成就一出戏剧的核心发动机和主要部件,都闪闪发光,耀人眼目。但是我觉得,要看我们在什么体量上来衡量这部剧作,如果作为一出独幕剧,它完成得不错;如果视之为三至四幕的完整大戏,它只完成了第一幕,最

《蒋公的面子》
南京大学艺术硕士剧团
2013年5月 海淀剧院
编剧:温方伊
导演:吕效平

多是走到了第二幕。

"文革"戏在全剧中基本只起了结构上的作用,戏的主干集中在民国时空:三位教授面对要不要去赴宴的矛盾,各怀鬼胎,经过一连串的争吵,相继亮出了自己的底牌。剧情到此为止,"文革"中三人记忆混淆是个尾声。这犹如一个大功率发动机,还没有造就足够的光和热,就停转了。剧情发展得还不够充分,不够深入,对人物内心的揭示也就不够狠,不够高。完整的好戏,要一个跟头接一个跟头,层层翻高,在最高处终止、坠落。《蒋公的面子》翻出了漂亮的跟斗,但刚刚向上飞了一层,还没有够到最高点。

三位教授的戏,是在争吵与暂时和解中展开的,两人斗嘴,一人和稀泥。其间不乏精彩的段落和台词。然而这种戏剧冲突模式不断重复,在相继揭示了三人的性格,翻出了各自的底牌后,就失去了实际作用,被同样的动机和情绪支配的争吵不断重复,导致戏剧的行动线不够明晰,前进得不够利落,节奏显得有些琐碎和拖沓。(不过,我没看过剧本,节奏问题与导演处理也有关系,可能会影响对剧本的感受。)

还有一点想法,是关于台词。很多人喜欢这部戏的台词,时有妙语警句,而且文绉绉的,又吟诗又唱"不提防"。确实,三位教授出口成章,很符合他们的身份,但特别有"文化"的台词,放到舞台上不见得都是好台词。我更喜欢那些生活化的口语,针砭时弊的台词很自然,并非生硬造作胳肢观众,十分难得。

戏中的"文革"段落,是三个老人原地转磨,弱点比较明显,就不多说了。

还要从剧本回到演出。我是在海淀剧院看的,和传说中的北大演出一样,观众也很爱笑,气氛也很热烈。火爆的演出现场的确令人兴奋,但如果坚信观众反应的热烈程度和戏剧质量成正比,那就有点奇怪了。多年前有个台湾剧,说现在的剧场是"三声律代替了三一律"。何谓三声律?"掌声、笑声、安可声"。用掌声和笑声来衡量戏剧水准,和用票房来衡量又有什么不同呢?

还有句多余的话。写下这篇东西,没有苛求编剧的意思,温姑娘的确才华出众,令人佩服,而且戏里戏外那股轻松自如的气息,非常清新,感觉和较劲拧巴的老一辈大不相同,绝对值得期待。不过,她还不是大学期间写出了《雷雨》的曹禺。所以我觉得,谈戏比夸人更重要,谈不足比夸戏更重要。多谈谈戏,以防"天才"出现时,我们认不出来。

2013 年 5 月 31 日

旧时影

共和国的黄昏

黄昏。最后的光芒在天际徘徊,奇异的建筑默默耸立,数不清的飞船无声地穿行其中,缥缈的乐声悄然浮动。帕德梅凭窗而立,眼前的一切,宁静、壮丽而苍凉。她并不知道,这是共和国最后一个黄昏,入夜,血腥的杀戮就要开始了。她的爱人阿纳金,将挥舞着光剑,缔造一个新的帝国。

这曲黄昏挽歌属于《星战前传3:西斯的反击》。从共和国到帝国,乔治·卢卡斯为他的太空史诗设计了一个优美的转折点。这部电影讲的不是政治,卢卡斯也否认他有政治意图,不过,《星战前传3》不可避免地让人联想到现实政治。

议会大厅,闪耀着金属光泽的黑色席位犹如紧密的花瓣,层层铺展,簇拥着正中央帕尔帕丁议长,也就是西斯大帝高耸的宝座。军事帝国在西斯大帝以"和平"为主题的演讲中宣告成立,众议员掌声如潮。帕德梅忧心忡忡:"自由就这样丧失了,淹没在雷鸣般的掌声中。"

卢卡斯那一代美国影人,大体拥有政治道德的底线,比如一般意义上的维护民主,比如反战,这是《星球大战》诞生的一个内在基础。所以,影片对西斯大帝以战争和杀戮换取的"和平",充满了讽刺和焦虑。卢卡斯至少不会像我们的张艺谋导演那么糊涂,张导很奇特地把秦始皇屠戮六国、统一天下视为缔造"和平"并加以颂扬,还让反抗者纷纷被感化,要么就地投降,要么自相

《星战前传3:西斯的复仇》
(2005年)
编剧、导演:乔治·卢卡斯
主演:伊万·麦克格雷格、娜塔莉·波特曼、海登·克里斯滕森、塞缪尔·杰克逊等

残杀。

有人说,《星战前传3》讽刺了美国政治,阿纳金那句著名的台词——"你不跟随我,你就是我的敌人"——分明是在影射小布什。但是,在意识形态上,《星战》有一道迈不过去的门槛,那就是它极端简化的善恶二元对立的价值观。绝地武士大公无私,为民主服务,所以善;西斯武士野心勃勃,崇尚个人权力,所以恶。"原力"作为他们力量的源泉,也被截然分成了光明和黑暗两面,非此即彼。其实,绝地和西斯是很像的,"原力"是他们共同的支撑,他们坚守各自的理想,从不反省这理想的实质,他们也都相信手中的光剑,从未让它停止砍杀。所谓的绝地和西斯,所谓的共和国理想和帝国野心,不过是一枚硬币的两面,图案不同,材质却都是拯救世界的幻觉和对暴力的依赖。

唯一的例外是阿纳金,他身上出现过绝地与西斯、"善"与"恶"交织的灰色地带。在木斯塔法星的熊熊烈焰中,他的双眼闪动着野兽般的光芒,脸颊上却流淌着痛苦的泪水。不过,阿纳金投向黑暗被解释为禁不起诱惑,他成了一场拉锯战的战利品,背后依旧是二元对立的价值观。按照这套逻辑,绝地武士的暴力行为就变得合理合法,获得了不言自明的"正义"前提。在《星战前传》中,绝地四处征战是因他们效忠议会,而议会不幸被西斯大帝这个野心家操纵了,一切都是阴谋。而在《星球大战》中,绝地为恢复共和国而战，不言而喻，那简直是一场光荣的战争。看看今天的世界，与其说是西斯武士妄图称霸世界实现个人野心，不如说是绝地武士打着民主的旗号到处挥剑。

表面上对美国的对外政策有所批判的《星战前传3》，其实非常清晰地阐释并再次肯定了这套政策的内在基础——以民主自由的名义，划定一个普世的价值圈子，界限之外，统统是"恶"，是必欲除之而后快的敌人。它所承认的多样性极其肤浅，就像星战中有外貌、风俗、语言各异的不同种族，但他们必须服从于同一个价值体系。这种价值的代言人，当然，只能是绝地武士。而这种价值的敌人，也必然是绝地武士说了算。

影片结尾是黎明时分，婴儿卢克仍在酣睡，朝霞在地平线上燃烧，预示着《星球大战：新希望》的来临。然而，当战火与征服践踏着不同信仰、不同价值观的人民，希望就变成了恐怖，黎明就变成了黄昏，共和国、合众国就变成了帝国。

2005 年 6 月 21 日

多余的话,关于《金刚》

看完《金刚》,走出影院,在沉默良久之后,同伴忽然说:"真正的好电影,看完后是一句话说不出来的。越是烂片,越让人滔滔不绝。"是啊,我想起一个月前,我们俩看完《千里走单骑》,说了一路。

关于《金刚》,其实是用不着说什么的,因为它将电影的叙事抒情手段和技术能力都阐发到了巅峰,如我这般事后奉命爬格子,写下的每一个字都无非是对那3小时零7分钟的光影魔术的怀念。

《金刚》在中国上映之前,海外媒体对影片引子过长,以致影响票房多有议论。但我敢说,那不过是因为观众太盼望金刚出现了。其实，在引子中，彼得·杰可逊对每个细节都体贴备至，不仅交代了主要人物的背景与性格，也让我们看到了对经典的"致敬"可以多么巧妙。影片开端将时间设置为1933年。导演卡尔和助理议论女主角人选那场戏，提到了许多当时好莱坞的女星。卡尔嘴里冒出的最后一个名字是"费伊·雷"，助理说："她没空，正拍雷电华的片子呢。"费伊·雷，就是好莱坞第一代"尖叫女王"，她"正拍"的雷电华影片，就是1933年版的《金刚》。

应该致敬的，还有娜奥米·沃茨的表演。"金刚女郎"的标志性符号，一向是金发、性感和尖叫，等待拯救的柔弱美女配合着金刚那种雄性动物的粗野和力量，成了电影文化中"性政治"的著名隐喻，令许多学者分析得乐此不疲。但是沃茨美丽的面孔中蕴含着坚强与知性，她的表演自然而深入，充满感情，加上杰可逊不可能愚蠢到过度渲染她的尖叫，新版《金刚》的内心似乎发生了微妙的变化。金刚是一只垂暮的、孤独的大猩猩，他与安·达罗的感情，像情人，又像父女。种群与岁月的隔阂，原本使《金刚》这个题材暗含着乱伦的危险色彩，但在杰可逊手中，却拍得纯真自然，干净无比。当然，"性政治"的理论外套，《金刚》或许依然穿得上。我个人的经验是，坐在电影院里，在黑暗中凝视金刚那半人半兽、温柔而孤寂的眼神，

《金刚》(2005年)
导演：彼得·杰克逊
主演：娜奥米·沃茨、杰克·布莱克、艾德里安·布洛迪

泪腺在不设防中崩溃。那时会觉得，理论外套无论多么精美，也不过是薄薄的一张纸。

《金刚》另一面的力量来自导演卡尔这个角色。据说喜剧演员杰克·布莱克是通过研究杰可逊的某些举止塑造卡尔的，富有童心、机灵敏锐与老于世故、贪婪狡诈不分彼此地混为一体。他野心勃勃，充满梦想，"人们花上两角五分，就可以坐在电影院里看到前所未见的事物"。他不畏艰险，百折不挠，在骷髅岛上随时架设摄影机，舍生忘死保护胶片。可他也是一个为了发财和成名不择手段的小人，他的每一个决定都导致巨大的牺牲，骷髅岛上同伴相继死亡,纽约市内空前的劫难,以及金刚被捆在剧院里的绝望和最后的惨死,可以说每一个悲剧都是由他引发的。"他就是一只蟑螂,被冲下了马桶还能顽强地爬上来"——这句台词,精妙地勾画出了曾被大力表彰过的资本主义冒险家的实质。当然,我不认为这个角色在影射杰可逊,也不是说他要通过这个角色批判资本主义。好的艺术家,用不着故意寻找靶子或理论,因为他对人物的理解和塑造一出手就是准确和丰富的。

重新披上理论的外套。1933年版的《金刚》以及在它前后出现的吸血鬼、化身博士、狼人等经典恐怖形象,被视为大萧条及战争的产物,既是对死亡与压抑的黑暗折射,也让人们在惊声尖叫中缓解和释放现实世界的压力。同样有人把2005年版《金刚》中的纽约废墟与"九一一"后的美国相联系,虽然谁都知道,这部重拍片的最初动因不过是彼得·杰可逊的童年梦想。时代的变迁总会带来些不同,今天我们已经受够了惊吓,没有成年人会再把《金刚》当做一部"恐怖片"。年长了72岁的金刚,赢得了更多的同情、爱慕和眼泪。

我想象着《金刚》一个无法实现的结尾——金刚坠地死去,不是卡尔,而是一个已经显得陌生的老妇,越众而出,凝视着那庞大的躯体,黯然道:"不是飞机,而是美丽,杀死了野兽。"这本是彼得·杰可逊的设想,把这句经典台词留给费伊·雷,可惜她在2004年去世。如果两个时代能够在这一刻相遇,那将是一种多么令人怅惘的完美啊。

2006年2月

是金子也不发光
——从《英雄》到《满城尽带黄金甲》

从2002年岁末的《英雄》到2006年岁末的《满城尽带黄金甲》(以下简称《黄金甲》),中国商业大片——更宏大的说法是"中国电影产业",以令人目眩的速度奔跑,把那套传统的经济学逻辑抛在了后面,还没看见自由竞争,就进入了心照不宣的垄断。中国媒体在一旁扮演的角色,与片方和政府部门之间的微妙关系,也像一出五味杂陈的喜剧。这条路上,张艺谋的三部大片,是三个显著的坐标。

2002年12月20日零点,已经"传说"了很久的《英雄》露面,全国票房一片红。票房过亿之时,很让有些人兴奋了一下,似乎看到了国产电影战胜好莱坞的曙光。"21

日当日,光是徐家汇永乐影城票房就达 40 万元人民币,打破了由《泰坦尼克号》保持了多年的单日 32 万元纪录。"(中国新闻网)根据媒体公布的数据,《英雄》投资 2.4 亿元人民币,票房 2.35 亿元人民币。2004 年《英雄》进入北美市场,又传出被发行方米拉麦克斯公司为保护自己的影片将之雪藏两年,《纽约时报》做了两个整版(实际上一个版是广告,另一个版有半版剧照),暑期黄金档(实际上那是暑期档末期,已入淡季)连续两周票房第一等消息(见《外滩画报》)。几个既属实又打马虎眼的报道,加上票房数字的"硬道理",给人的印象是,好莱坞排挤中国电影,但《英雄》用事实说话,最终为中国人扬眉吐气。我想,张艺谋的武侠片代表国产影片,它将战胜好莱坞,拯救中国电影,批评张艺谋就是不支持国产片,这个逻辑就是这么逐渐奠定的。

《英雄》的运作和宣传,虽然投入、规模、手段都超出以往(比如明星们在北京、上海、广州三地的包机宣传),但大体在市场范畴之内,《天地英雄》为避其锋推迟到次年上映,也还是出于商业逻辑。媒体虽然在前期报道中拼命炒作,公映后不厌其烦地报道一个个票房"突破",但在对影片本身的批评上并未却步。早在 9 月《英雄》为满足奥斯卡最佳外语片的报名条件小范围放映后(这种"申奥"点映日后也成惯例),很快就有评论见报,批判该片"手中无剑、心中有贱",糟蹋传统、崇拜权力的奴性历史观,这类观点鲜明到位的批评,导致了《英雄》引发的普遍争议,体现了媒体批评的效力。但到了2004年7月10日《十面埋伏》首映,一切都有了变化。

那是个令人印象深刻的夜晚。在暴雨成灾、交通瘫痪的北京,一场豪华首映庆典高歌猛进。一边是《十面埋伏》,一边是"水淹七军",现实给了我们一个不太工稳的对仗。

《十面埋伏》受到了前所未有的礼遇和"政策扶植"。北京影院从7月16日影片公映到8月初,与之同期的新片只有7月初上映的几部显然缺乏竞争力的国产片,比如《自娱自乐》,名字这么不吉利,碰到大规模的《埋伏》也只能自娱自乐了。而《蜘蛛侠2》《史瑞克2》《哈利·波特3》《2046》等热门大片被压后到八九月份,于是从6月的《后天》《特洛伊》到秋季好莱坞卷土重来就出现一段显眼的空白,从造势到公映,7月被"埋伏"得从容不迫。同时一个名词正式诞生了——"国产片保护月"。

这种档期安排立刻引起质疑,片方回应是某些影片主动放弃竞争,保护国产影片是国际惯例。某位官员为此痛心疾首,似乎质疑这种安排就成了对中国电影的不尊重。"国际惯例"是有的,但那是一套政策法规,我们是特例,明显是为一部电影亮绿灯,却必须拉上几个垫背的。我们

《满城尽带黄金甲》剧照

从前的"惯例"是为一些大家心照不宣的"主旋律影片"拒绝好莱坞,如今却有一部商业电影奏响了"主旋律"。更微妙的是,《埋伏》之后,"国产片保护月"只在2005年保护了一把徐克的《七剑》,到了2006年就失效了,"国产片和进口片的比率几乎达到1∶5"(《扬子晚报》)。

《十面埋伏》和媒体的一番博弈也耐人寻味。它在拍摄的前、中、后期对宣传的口径、节奏、新闻点的掌控,比《英雄》更为熟练。从透露"《英雄》之后还是武侠片",到乌克兰选景,从拍摄高度保密引发的偷拍事件,到剧情、剧照、海报的逐步曝光,从戛纳电影节"长达二十多分钟"的掌声,到歌舞晚会式首映礼的创造(首映式不放电影,除了防盗版,显然也吸取了《英雄》点映遭恶评的教训)……《十面埋伏》有计划、有步骤地走向了制高点。

《十面埋伏》7月16日公映前只在戛纳露过面,能看到的国人极少,随行记者也不会写不利言论。于是基本看不到影片的媒体完全成了片方操控的对象,尽职尽责地完成了前期炒作的任务,或许还以成为"合作媒体"为荣——那至少意味着"独家报道权"。

中国媒体的翻手为云、覆手为雨,在电影上表现得最鲜明也最荒谬。7月16日《十面埋伏》零点起映,很快媒体做出了有趣的集体反应——以前的期待、赞美一概变成了批评、嘲讽,像是期待已久的笑话终于抖出了包袱,要自己做主出口恶气了。也许是这部电影本身确实不值得讨论,认真评说也罢,讥讽谩骂也好,都淹没在无数口水之中。媒体先捧后骂,观众越骂越看,看完也骂,循环往复,这场壮观的热闹比《英雄》上了一个台阶,但少了一份力量。片方、媒体、观众共同明确了游戏规则。

即便有行政力量和媒体护航,《十面埋伏》还是没能刷新《英雄》的神话,根据媒体公布的数据,它投资2.5亿元人民币(另说2.7亿元),收获1.5亿元人民币,对票房和政绩的渴望暂时受到了挫折。不过它真的为中国电影设下了重重埋伏,一个富有"中国特色",处于不平等、不透明状态下的大片体制已初见端倪,到了2006年的《黄金甲》,它更加名正言顺、振振有词。

《十面埋伏》打造中国暑期档的愿望没能实现,《黄金甲》转入了最为稳妥的贺岁档。12月14日公映,投资号称3.6亿元,截至1月中旬,票房2.81亿元(《北京晨报》),新的神话诞生了。

表面上看,《黄金甲》是自由竞争结硕果,不过这果实的肥料不一般。它有成功的营销方式,临近年关团体票大卖,比如北京移动的抢票活动,数量相当之巨。另外,"发行方与全国数字院线签署垄断放映协议,从2006年12月14日到2007年1月14日,整整一个月时间内全国数字院线只能放映《黄金甲》,而不得放映包括《伤城》《三峡好人》《面纱》在内的任何贺岁影片。"(《南方都市报》)这份协议被视为市场环境下的商业合同,但我们不应忘记,当初建设数字院线,有保护中小投资电影的意图。

几大主流院线更是《黄金甲》的天下,《三峡好人》北京绝大多数影院不放,放也是一天一场,安排在上午、中午、22点以后等最差时段,且放一两天就以没有观众为由下档,果然让它成了市场上的"地下电影"。设想《三峡好人》的票房有跟《黄金甲》比肩的潜力是不现实的,但是它从来没有获得一个平等的市场机会却是眼睁睁的现实,像它这类影片从来是以市场公平的名义被市场不公流放。

行政部门坐视一个不公正的市场形成,此时的"不管"与"埋伏"时期的"管"异曲同工。这种畸形市场也是自《英雄》以来顺理成章的结果,在振兴民族电影产业的旗帜下,行政力量或明或暗的支持,院线不顾一切的牟利需要,与强势的片方共同营造了满城黄金的垄断局面。

《三峡好人》"徇情"的姿态、贾樟柯的质疑,为一个事关文化产业发展、本应引起政府部门重视、进行广泛而严肃讨论的问题揭开了盖子,却迅速化为一场娱乐"口水仗",似乎只是两个人、两部影片之间的"恩怨"。在网上随意检索,不难发现,有关这场纷争的报道大同小异,要点集中在:张伟平说《三峡好人》获金狮奖有"猫腻",贾樟柯要告张伟平,张表示奉陪,事情起因则被归结到"获奖片碰撞大片引发恩怨",而报道中充斥着"骂架""官司""不忿""诽谤""讥笑""停战"之类的词汇,另外就

《三峡好人》剧照

是两人被引号引起来的、相当情绪化的表达。

表面上看，媒体不偏不倚地报道了"客观事实"，但它是经过选择的事实——选择"新闻点"，选择报道词汇，更选择理解这一事件的思路。这是在"吸引眼球""娱乐大众"甚至"读者至上"的理念下，由媒体自觉制造的典型闹剧，新闻事件所蕴含的问题被轻轻抹杀，它暴露了中国媒体追逐所谓"新闻"的惯性思维，以及普遍缺乏深度分析能力的致命弱点，当然也不能完全排除不能宣之于口却一概明了于心的"业员关系"。我们这一时代的趣味确实不佳，而媒体是以大众的名义制造这种趣味的第一责任者。

媒体自觉或不自觉地成了片方的共谋，而片方也没闲着。实际上，《黄金甲》比《英雄》《十面埋伏》更进一步的是，它完成了对媒体的控制，全面占据了主动。

2006年9月，《黄金甲》点映，"观众"一致赞好，号称"零板砖"（不准确，我至少看到过一篇批评文章），这个良好的口碑纪录平稳地维持到了公映前。不过，点映后不久，周润发就说看片的都是"自己人"，导致他与制片人张伟平交恶。究竟是不是"自己人"，又怎样做到了"零板砖"，那些看片写稿的记者、影评人，那些作为合作伙伴的媒体心中有数。"外人"能看见的不过是，最重要的首映宣传，主演周润发消失了。

待到《黄金甲》和观众见面后，媒体又开始恶评如潮，没看过影片的借口即使失去，照样能完全忘记点映期间自己的说辞。这套自打嘴巴的游戏屡屡上演，此时已令人厌倦。媒体立场这种怪异的翻盘，则在言论自由、客观报道的名义下被化解。四处开花的新闻，不外乎高票房、口水仗、冲击奖项大有希望。影评的意义也基本失去，一篇篇关于"丰乳""把人抽成肉酱"的评论文章，还能让片方化被动为主动，会有更多的人买票捧场——这是我们时代的趣味。更令人感慨的是，曾几何时，我们欢呼网络媒体带来的言论自由，现在却发现它不仅欢迎片商的官网落户，自己也差不多成了"准官方网站"。

平心而论，将媒体一概视为与商家合流，将记者一概当做片方的吹鼓手，抹杀那些围绕《黄金甲》的批评和讨论，轻慢有些记者在种种压力下周旋的无奈，无视新闻竞争的现实和某些媒体试图有所作为的努力，并不公正。但面对"唯票房论"的单一思维，面对"战胜好莱坞"的官方目标，面对荒谬的大片体制，它们溅起的几丝浪花，作用微乎其微，很快就淹没在市场和娱乐的滚滚波涛之中。遑论那些与片方露骨合作的媒体，有什么公信力可言？

时至今日，张艺谋影片的质量，已不重要。它们象征中国电影产业的崛起，而崛起的不过是几个拥有特殊待遇的片商、导演，以及他们背后的影院经理、政府官员。现实永远比影片荒诞。在"文化产业"的旗帜下，在市场的狂欢中,荒诞不过是一种微弱无力的感受,它不能抵消不公正给人的压迫。

2006年,许多人记住了一部小成本、高收入的影片《疯狂的石头》,银幕上的光影、坐席间的笑声告诉我们,商业片还有另一种逻辑,一代更年轻的导演将会浮出水面。不过,谁知道他们会不会掉进光鲜的陷阱中呢——据说那是一条和世界接轨的康庄大道。

2007年3月

格雷厄姆·格林的预言

如果格林还在世,看到 2002 年由菲利普·诺伊斯重拍的《文静的美国人》(*The Quiet American*),或许不会像他看 1958 年那个版本时那么不满。这虽然不是一部多么了不起的电影,但大体遵循格林的小说原著,杜可风的镜头沉稳流畅,主演迈克尔·凯恩是个老戏骨,由他来代言片中那个带有格林自传色彩的英国记者托马斯·福勒,应该恰如其分。而且,这部影片诞生在伊拉克战争爆发的前一年,联想到格林在小说中对越南战争的预见性,更让人觉得意味深长。

格雷厄姆·格林活了 87 岁,1991 年去世。他是一个产量极丰、质量很高的作家，也是一个见多识广、充满冒险欲望的环球旅行者。或许是因为有服务于英国情报机构的经验，他的政治嗅觉特别敏锐，而且他有一种非常罕见的才华，他能把政治小说写得像侦探故事一样好看，当然，远比007那样的通俗小说复杂、高级和"文学"。

1956年出版的《文静的美国人》就是格林政治小说的代表作。格林曾以记者身份四次访问越南，通过小说对美国将染指越南、陷入泥坑作出了预言。他塑造了一个"文静的美国人"奥尔登·派尔，这个彬彬有礼、富有教养的美国小伙子其实是个CIA特工，充满美国式的"正义感"，一心要"拯救"处在"共产主义威胁"下的越南人民。他的方式是在越南扶植"第三势力"，制造一起爆炸，嫁祸越共，从而为美国插手越南事务提供机会。派尔对这种屠杀平民的行为振振有词："广场上发生的事令我不舒服。但长远来看，我是在拯救生命。"

从美军1964年全面介入越南，到1975年仓皇撤退，原先攻击这部小说的美国评论家们不得不改变了态度。格林的高明之处在于，他不但预言了政治进程，而且剖析了事件背后的政治和文化逻辑。今天他的解释依然有效。美国的派尔们又发动了新的战争，逻辑不变——他们依然相信，在那么多人无辜丧命之后，这个世界变得更"安全"了。

格林素来不喜欢美国，美国也曾拒绝他入境，不过好莱坞喜欢格林。他的许多作品都被拍摄为电影，甚至反复重拍。

格林的小说是天生的电影素材，故事精彩，人物生动，既非深奥晦涩，也不浅薄流俗。英国作家伊夫林·沃形容格林的创作是"一种摄影机的目光"——"从旅馆的阳台转向下面的街道，挑选出那名警察，跟着他回到警察局，在房间里移来移去，从墙上挂的手铐到抽屉里放的散落的念珠，把含义深远的细节全部记下。这就是现代讲故事的方法。"

不过，太适合拍电影的小说往往拍不成伟大的电影。即使是尼尔·乔丹这么杰出的导演，拉尔夫·费恩斯这么出色的演员，也不过是把《恋情的终结》（*The End of the Affair*）弄成了一部好看的电影，它终究无法替代格林原作细腻而微妙的文学性。这不是电影的错，格林技巧圆熟的作品留给导演的空间实在太少了。你可以把莎士比亚拍得不像莎士比亚，但你没法把格雷厄姆·格林拍得不像格雷厄姆·格林——除非你打算拍一部烂片。

2006 年 2 月 14 日

布拉格精神

米洛什·赫尔马还没有长成一个男子汉的模样,细瘦的身材,醒目的招风耳,沉默而羞涩的目光,都流露着少年的笨拙。他穿上制服,母亲把一顶带着金色铁路徽章的小帽缓缓地送到他头顶,好像在给一位国王加冕。那是1945年的某一天,米洛什成了一名铁路见习生。

捷克电影《严密监视的列车》就这样为一出战争期间的悲喜剧拉开了帷幕。1966年,28岁的门茨尔导演了这部影片,1967年获得奥斯卡最佳外语片奖。影片改编自写于1946年、发表于1965年的同名小说,作者是在中国一度默默无闻、如今已大名鼎鼎的赫拉巴尔。

一位去过捷克的朋友曾对我说："布拉格太美了，捷克人太爱自己的祖国了，生怕它遭到一丁点的毁坏，以至于一有外敌入侵，他们就赶快投降。"这个评价也许不够准确，但捷克民族确实不像波兰人那样血拼，在强敌环伺之下，他们发展出了一种非常奇妙的态度，体现在艺术创作中，就是一种平民式的抵抗，一种融合着笑声的荒诞感。

《严密监视的列车》到处弥漫着这种荒诞感。米洛什的祖父企图用他的催眠术阻挡入侵的德国坦克，坦克确实停下来了，但就停了那么一小会儿，随即从这个马戏团的催眠师身上开了过去，把他的头颅留在了履带之间，从此"帝国的军队在前进途中再没有遇见任何阻碍"。影片中的火车站站长第一次亮相，是在鸽群环绕之下，他爱好养鸽子。如果看小说，就会知道围着站长先生乱飞的是波兰鸽子，在德国入侵波兰之后，他托人把从前驯养的纽伦堡种鸽都给掐死了，改养波兰鸽子。

这还都是小事情。《严密监视的列车》最荒诞的是那无处不在的欢快性爱，与战争氛围背道而驰。值班员胡比齐卡用车站的戳盖满了女电报员的屁股，而那个被打了印记的女人对这一"丑闻"抱以洋洋得意的轻快笑容。我们的主人公米洛什最苦恼的不是祖国被侵占，而是他和女友交往中的"早泄"问题，他悲伤决绝地割腕自杀，获救后

《严密监视的列车》（1966 年）

手腕上留下的伤疤，令他更为羞涩不安。对德国入侵者的憎恨似乎都体现在牲畜上，"德国人都是猪"，因为他们不能善待那些用火车运送、作为给养的牛羊，导致它们饥饿、患病、死亡。

国破了山河仍在，生活将永远持续。似乎这就是捷克人的态度。是情人间的笑语、夫妻间的吵闹、热腾腾的晚餐、清越的钟声、明灭的信号灯构成了生活，而不是那些关于祖国和牺牲的宏大观念。所以米洛什在解决了自己的生理问题，成长为一个"真正的男人"后，爬到信号灯上去炸德国人的弹药专列，似乎也变成了十分日常的事情。

《严密监视的列车》比赫拉巴尔其他的小说要"传统"一些,虽然也还带着意识流色彩。电影改编把握住了小说温暖欢快的风格,用合理的时空顺序,将一个个片段编织为完整的故事,镜头简洁而明净。小说和电影最大的不同在于米洛什的死。小说详细描述了米洛什中弹、濒死的过程,他击中了向自己开枪的德国兵,两个垂死的人躺在一起,德国兵不断地喊"妈妈",米洛什又面对面射了他两枪,先是心脏,然后是眼睛。除了恋爱、胡闹,捷克人也会开枪。米洛什凭借最后的意识,对着死去的德国兵再也无法听见声音的耳朵说:"你们本该待在家里,踏踏实实坐在自己的屁股上。"这个段落,细节逼人,语言仿佛在互相追赶,是小说的华彩乐章。相比之前那些轻快凌乱的情节,小说的结尾忽然加力,像荡秋千一样,升到了一个耀眼的高度。

电影消灭了这个残酷的情节,结尾处理得很干脆,米洛什扔下炸弹后,被德国士兵击中,从信号灯架掉到了行驶的列车上,炸弹爆炸,米洛什和列车一起消失在浓烟与火光之中,只有他的帽子被爆炸冲击波送回了站台,被尚不知情的女友捡到。帽子作为一个象征,令首尾呼应,温暖诗意得到了完整地贯彻。关于祖国和牺牲的观念,在电影中被隐藏得更深。似乎它只想讲述一个少年成长的故事,当他在生理上成为一个"真正的男人",他就可以去炸掉敌人的列车。

这样的电影,这样纯洁而朴素的表达,可想而知,符合许多人心目中的"高度"——人性的高度和生活的深度。近些年来,以对捷克作家的阅读为例,赫拉巴尔和伊凡·克利玛的"生活化写作"似乎获得了更高的评价(虽然他们的小说差别很大),在他们的映照下,米兰·昆德拉趋向政治和形而上的小说不复当年那么耀眼。昆德拉盛赞赫拉巴尔,而在克利玛看来,昆德拉的小说对捷克人民是"不中肯"的。其实,无论这三位作家的创作和世界观有着怎样的分歧,他们的作品都用不同的方式体现了"布拉格精神"——对一切崇高事物本能地反感和不信任,热爱生活本身而非生活的意义,用幽默来消解现实的荒谬和苦难。

"布拉格精神"就意味着生活的本质吗?可是,当我们联想到布拉格还飘荡着卡夫卡和哈谢克的灵魂,当我们联想到对存在与荒诞的形而上探索、对庸常生活的辛辣讽刺和变革的渴望也曾在这个城市的上空闪耀,"布拉格精神"就变得更加微妙和复杂。

"布拉格精神"诞生于历史与意识形态的进程之中,成为一种民族性格的精炼表达。但是,仅仅用去政治化指代"布拉格精神"过于简单,就像诗意的成长无法完全描述《严密监视的列车》,"底层的珍珠"也不是生活的绝对真理。当我们满怀轻松地抛弃了宏大叙事，或者说，如果不再有形而上的思考、宏大的理想、变革的激情作为参照，"底层的珍珠"只能是生活的沙砾，"布拉格精神"也将不复存在。

2006 年 5 月

原来都在向《英雄》致敬

电影《英雄》刚问世的时候,批它的人挺多,我也没少说坏话。但时至今日,特别是看了《投名状》之后,忽然对张艺谋有了几分"敬意"——无论是否喜欢,你都得承认,是他用《英雄》奠定了中国古装大片的模式,先是陈凯歌、冯小刚跟上,如今连香港导演陈可辛都握住接力棒了。

固然,这个模式有一部分是商业片的共同规则,比如重视宣传,比如启用大牌明星,片酬在投资中占到很大比重。《投名状》的前期宣传中对李连杰的演技甚多好评,但我总觉得不能因为一个人从阳光少年变脸成深沉中年就说他演技出色——他是演员啊。在我看来,《投名状》的主演都算完成任务,他们的名字和面孔,比他们演得如何更重要。即使徐静蕾一口北京话、全然本色地演着"扬州瘦马",也无碍大局,有她的人气就够了。何况概念化的角色,也不是用来考量演技的。

但是有些模式不在商业范畴内,你只好佩服张艺谋的"先见之明"。

比如群戏的处理。当看到《投名状》中被围的太平军将士齐声振臂高呼"馒头"之时,我没法不想起张艺谋的"大风"(念头一拐弯还有陈凯歌的"馒头")。难道只有这种方式才可以显示集体的声势?

还有一点挺奇怪,就是《投名状》中太平军苏州守将的变相自杀,很不幸我又想起了《英雄》中"残剑"和"无名"的死。虽然具体情节不同,但他们都是为拯救更多的性命自我牺牲啊!难道这是一个构造剧情张力的首选办法?

此外有个常见的场景,姑且称之为"大门美学"吧。《英雄》中"无名"被射死在紧闭的宫门前是全片的高潮;《无极》中"光明"救美的紧张感和正在关闭的大门有关;《投名状》也要以大门为背景,让"庞青云"走向宝座经历刺杀……门可能是个烘托气氛的好道具,但也别一悲壮一紧张就关大门啊。

这些，还都是细节，《投名状》在整体上也继承了张艺谋武侠片的模式：故事有破绽、角色概念化、情感表面化、画面或许"夺目"但不感人。《投名状》之类的商业大片有一套典型的镜头语言：稳定、平滑、规矩、熟练、不追求新意。它的大场面不可谓不开阔，但没有深度。它的镜头切换不可谓不流畅，但没有惊喜，就连京戏和剧情相融的典型蒙太奇手法也用得很平。

不能苛求。在香港打磨多年、深谙商业片规则的陈可辛不可能交出一个出人意料的《投名状》。只是，他平稳抒情的风格在《甜蜜蜜》中恰到好处，但在《投名状》里一放大，就失去了焦点，男躲女追的抒情慢镜，不可思议的陈旧和滥俗。武打戏由于追求"写实"，放弃了港片最擅长的灵活机变的趣味感，但又不能真正凌厉起来，让观众对近身肉搏的场面感同身受，这种中庸之道营造的紧张感就有限，难以真正地嵌入人心。《投名状》不失为一部有诚意的作品，但也只能是一部刚到及格线的商业片。特别是与张彻的《刺马》相比，同一个故事，同样的商业类型片，同样的明星制，高下判然有别。商业规则是镣铐，但一支舞跳得如何，还是要看才华。有多少商业片成了伟大的电影啊。

在《投名状》放映前，有一个明年上映的《江山美人》的片花实在让人吃惊，那些水面斗剑之类的场面，完完全全是在向张艺谋武侠片致敬，难道片方吃准了观众就好这一口？

沿着《英雄》之路走下来的中国古装武打类型片，还远远不是一个成熟的类型，许多导演扑上去，反复模拟它，重复它的弱点。该动动脑筋了，要么把这个类型做好，要么创造别的类型。没有成熟的类型片，所谓的商业电影市场就是一句空话。

2007 年 12 月 14 日

"二老"满意《集结号》

传说,《集结号》是个"学习、再学习版"——就是从《拯救大兵瑞恩》到《太极旗飘扬》再到《集结号》,三代三国,递次传承。技术上,也许吧,但这一点不妨碍《集结号》的"中国特色",它的优长、它的遗憾,或许只有中国人才心领神会。

其实,从内容上看,《集结号》与《拯救大兵瑞恩》正好相反。后者讲的是团体对个人的尊重和拯救,是典型的好莱坞人性论。《集结号》讲的却是为大集体的利益放弃小集体、牺牲个人,是一个"炮灰连"的故事。讲这样的故事,是很有学问的。

《集结号》以47人全部牺牲为界，很明显地分成了两个段落。第一段落是战场群像，第二段落是连长谷子地的命运。两段戏气质上的落差很明显。

可能第一段戏更令人瞩目吧，它集中展示冯小刚调度场面、掌控节奏的能力，摄影、剪辑和战争特效的技术，紧张激烈，点面结合，张弛有度。编剧刘恒的台词新鲜热辣，几个主要角色的性格几笔点到，用书生指导员来体现人物性格的变化。以张涵予为首的几个演员也表现得自然贴切、生气勃勃。总之，方方面面都相当周到和成熟。

《集结号》（2007年）
　　导演：冯小刚
　　主演：张涵予、廖凡等

第二段戏却松弛下来了，甚至有些松散：谷子地获救却失去身份，在朝鲜战场排雷，复员后发现牺牲的战友未得到烈士待遇，为战友遗孀做媒，为战友奔走的过程中发现了当年全连被牺牲的真相，决意从煤山中挖出战友遗骸……如果单纯从内容上说，我个人倒是对这个段落更感兴趣。因为它需要解决这部电影的关键问题：47个鲜活的生命为了掩护大部队撤退"被牺牲"了，他们应该"被牺牲"吗？他们牺牲后甚至失去了名字，更别说应有的荣誉，这样的事应该发生吗？

个人和集体的矛盾，并非新鲜话题，但涉及共和国历史和人民军队，事情就有点微妙。

那么，导演和编剧怎样来解决这种涉及深层内涵的问题呢？很巧妙，就像影片中那个在朝鲜战场踩雷的情节，你不能直接引爆它。你得先割开靴子脱身，雷呢还是得炸，但已不会造成重大伤害——就像影片中表现的，英勇排雷的谷子地最终是视力受损。

47个生命为了更大的集体、更大的利益被故意葬送了，集结号没有吹响，也从来没打算吹响。这是影片最坚硬的核。解决这个问题，是靠谷子地在烈士陵园祭奠昔日团长那场戏。团长内心的矛盾、内疚乃至他后来的牺牲，警卫员对团长的极力维护，都会使这个坚硬的核变软。于是观众也会像谷子地一样，将内心的愤慨和冲突化归平静，承认这是军队的特性，是个无解的问题。

那么，烈士的英名被埋没、烈属不能得到应有的待遇这个问题呢？用技术方法来解决——军队被打散后重新整编，战士的资料不够齐全。而且一旦名册和遗骸被找到，问题就迎刃而解，烈士被安葬，战士鸣枪致敬，集结号在烈士墓前吹响，兄弟情谊和军人的荣誉，在那一刻高度升华。

就这样，《集结号》稍微有点"刺激"的主题被巧妙地回避了。谷子地对战友的兄弟情，一方面凸显了主题的尖锐性，而另一方面，又可以用情感的力量将其转移、化解、变温和。没有直接答案，答案在观众心里，可能各有不同。我们最终得到的，是感动，是"升华"。这就是商业片无往而不胜的手段——以情动人。当然，这个"情"，必须是在价值观上被普遍认同的，诸如《集结号》这样的兄弟情、战友情。"情"既可以打动观众，也能够规避潜在的风险和争议。

我并非在期待什么特定答案，我对"大兵瑞恩"那种美国式的人性样板戏没有兴趣。我只是相信，个人和集体之间，是永恒的悲喜剧，在杰出的艺术家手中，可以生发出别样的力量。而在《集结号》中，我没有看到特殊的力量，我看到的是商业片的技巧与现实的智慧如何巧妙地步调一致，不敢说创作者一定是有意为之，但这同样令人佩服。于是,《集结号》做到了"二老"满意——老百姓、老同志都喜闻乐见。当然,"第三老"——投资的老板们——想必也是满意的。

2007 年 12 月 23 日

只谈风月,不谈风云?

每逢年底,都有一部电影掀起一片热闹。2007年末的发动机是《色,戒》。这场热闹,值得一看,也值得一想。

围绕《色,戒》,主流媒体上有许多"艺术的,很艺术的""人性的,太人性的"赞美,同时网络上有许多持民族主义立场的批评,称《色,戒》从小说到电影都是"汉奸文艺",最有代表性的自然是黄纪苏先生的文章《中国已然站着,李安他们依然跪着》。而且还有一种意见,说是主流媒体对《色,戒》是"一片叫好之声"——这大约是事实,主流媒体上确实少见反对《色,戒》的文章。

不敢说所有的主流媒体追捧《色,戒》都没有自己的取向或利益驱动，但就我了解的一家北京媒体而言，事情就有点"奇怪"。它的评论版，如果排除大家心照不宣的"指令"，确实是"独立评论"，绝不会拿人钱财、替人鼓吹。编辑认真敬业，不会以自己的观点左右版面意见，甚至以她们的观影经验和个人趣味，根本就谈不上多么赞赏《色，戒》这样的影片。而且，除了不得以《色，戒》为由讨论电影分级制以外，也没有任何禁止批评该片的指令下达。那么，在"一切正常"的工作程序下，那家媒体的"一片叫好之声"是从哪里来的呢？

那确实都是评论版作者们自发的心声啊。那个作者群相对固定，年龄大约是二十来岁到四十来岁，具备观影经验及写作才华，这些"文艺中青年"是支撑评论版的主要力量。在我看来，他们的观点在支持《色，戒》的声音中颇有代表性。为什么有这么多人喜欢《色，戒》呢？它到底是一部什么样的影片？如果它就是一部"汉奸电影"，那一切都简单得要命。

我努力排除事先看过的评论的干扰，寻找自己对《色，戒》的第一印象。必须得说，这样一部情节、角色了然于胸的电影，还是步步推进吸引着我看完，这是李安的能耐。李安不算我喜欢的导演，就像一个朋友讲的，娴熟的叙事和镜头能力"是技术标准而非艺术标准"。但我觉得《色，戒》是我看过的李安所有影片中情绪最饱满张力最强的，而意识形态的挑战也会带来别样的紧张。《喜宴》《断臂山》之类由同性恋情生发的惆怅感在当今世界是安全的，而《色，戒》必然在"中国人"这个命题上造成颤抖。

看《色，戒》的时候，我想起了2006年的金棕榈影片《风吹稻浪》，它讲述一对兄弟在爱尔兰独立运动期间的悲剧，与《色，戒》在题材上有一点可比性：都是外敌入侵的背景，都有处决叛徒的情节，都是个人情感与家国命运的对立，最后都是个体的毁灭（被所爱之人枪决）。肯·洛奇导演在处理《风吹稻浪》这个政治题材时把历史视野、革命信念和深厚的情感融为一体，令人钦佩。

但是李安的手法完全不同。李安并未像肯·洛奇那样，把外敌入侵、政治对立真正编织进影片情节，它们是作为背景存在的，用来烘托王佳芝和易先生这条主线，并为青年学生组织暗杀活动这条副线提供心理动机。不仅如此，李安把暴力的时代背景抽象化了，抽象为影片中不时出现的阴暗的监狱、狼狗、哨兵，乃至易先生实施性虐待的皮带。我觉得这一套语汇的含义，拍过《冰风暴》的李安应该是熟悉的。在西方文艺传统中，从《萨德侯爵》到《O的故事》，这类暴力符号无处不在，文化教养上训练有素的西方中产阶级对此并不陌生。也就是说，《色，戒》背负着一个时代政治的外壳，暗地里却已转化成了性政治的样本。

还有一部影片可供对比：路易·马卢讲乱伦的《烈火

情人》。二者撕扯、纠缠、阴郁的床戏气氛颇像。而且，都是只有以性爱作为主人公心理逻辑的支点，才能解释那种压抑、暴烈，又是"无缘无故的爱"。将性爱的肢体语言仅仅理解为黄色、肉欲恐怕过于简单了，在现代文艺作品中它早已衍生为一套独特的"情感密码"，劳伦斯、亨利·米勒、路易·马卢、贝托鲁奇等一代代作家、导演都是编码者。这套密码虽然够不上"主流"，会挑战我们对性关系的理解，但我觉得它早已为中国一部分读者和观众，特别是"文艺中青年"们心领神会——《烈火情人》是颇为流传的文艺片，《色，戒》也并非淫秽教材。

《色，戒》当然可以作出"性政治"的解读，可以作为一个批判男权的靶子，但鉴于它在国内引发的争议主要不在这方面，就留给有兴趣的女性主义吧。我要转到另一个方向，《色，戒》仅仅是性政治吗？它的时代背景、政治冲突只是一个空壳吗？

当然不是。这样想就把李安看得太轻了。他从选择到改编张爱玲这篇小说，他在不同场合发表的谈话，都可以证明他并非完全"不讲政治"的人。问题是他讲什么，又怎么讲呢？

在我看来，最能说明问题的是邝裕民等青年学生那条行动线。李安的意图相当鲜明。张爱玲几笔带过的"慷慨激昂的爱国历史剧"和演戏完毕吃宵夜、游车河被表现得生动细腻，突出的是学生们的青春、激情和幼稚，种种细节和台词，着意加强学生们刺杀行动犹如"演戏"的荒谬感。电影增加了学生们轮番刺杀汉奸老曹的情节，表现暴力带来的恐惧和心理刺激。小说提了一笔的老吴作为国民党特务头目被刻意塑造，突出他的冷酷无情。影片结尾，等待枪决的年轻人面对他们的埋骨之所，那个深渊的画面意味着什么再明显不过。

在这部分情节中，我们看到的是对反抗的质疑，因为它是被青春热血和宣传文艺鼓动起来的幼稚情怀；我们看到的是对暴力的恐惧，因为它把人引向更大更盲目的暴力；我们看到的是对政治的批判，因为它冷血地把人当做工具并导致最终的毁灭……这一切，在中国当代的文化语境中，难道不是熟悉得令人倍感"亲切"吗？

如此看来，《色，戒》把"时代话语""暴力符号"和"情感密码"交织在一起。在时代话语层面顺应主流，而在暴力符号和情感密码（也就是男女主人公的性关系和性心理）层面冒犯主流，具有顺从和冒犯的双重快感，再加上流畅的叙事技巧，《色，戒》怎么可能不广受好评呢？

《色，戒》如果放到西方电影序列中，应该属于非主流文艺片，它在中国造成的热度，有其特殊性。一是那因删剪被炒得火热的床戏，会引发窥淫心理和挑战电检制度的愉悦。二是由于张爱玲、李安、国际获奖、抗日背景等等与当下中国文化环境的对接，会激发出许多话题。"广大人民群众"在多大程度上接受了这部影片难下断言，但"广大文艺中青年"普遍喜爱这部影片恐怕是现实，而且他们拥有主流媒体的话语权。值得深思的是，这是一种什么样的主流话语？它意味着什么？

那些评论，普遍的立论基础是"人性""审美"，稍带理论色彩的，则把影片定义为个人话语对抗"宏大叙事"，反感和抵触"民族大义"之类的政治批判，反之也是一样。借助电视和网络的传播，人性论者和民族主义者形成了鸡同鸭讲的对峙局面。

民族主义者的批判，在一片叫好声中提出问题，提醒人们关注《色，戒》的政治色彩，自然功不可没。假设《色，戒》的小说或电影在1940年代面世，他们的板砖一拍一个准。但现在问题变了，砖就可能拍空。难道《色，戒》是"汉奸文艺"可以概括的？难道喜欢《色，戒》就是不爱国？

从思想层面来讲，《色，戒》巧妙地呼应了当前中国由来已久的主流话语——用个体生命消解宏大叙事，并视之为人的解放。这股思想潮流，本质上就是"不讲政治"，不讲性政治也不讲时代政治，消解历史意识，高扬人性旗帜，认为人性具有先天的超越性，而政治必定局限于一时一地，而且是暴力的、反人性的。也就是说，这种"不讲政治的政治"才是《色，戒》影迷们的心理支点。你拿民族大义的板砖去拍这个？不是落在棉花上，就是拍在皮球上。

而且，这种"只谈风月，不谈风云"的取向，这种"不讲政治的政治"，恐怕已经成了当代中国真正主流的政治。《色，戒》不过是个小小的例证。这股潮流的形成，或许在某些具体情境或具体作品中包含着应对舆论监管的现实策略，但我觉得主要还是与1980年代以来重新解读中国历史（特别是20世纪革命史），以及当前被资本主宰的消费社会有关。它是一种自觉的、集体无意识的时代潮流。

这种"不讲政治的政治"，主打的正是"人性"这张牌，它的具体表现方式往往是"情感"，并附加审美包装。典型作品如《泰坦尼克号》，那是超越贫富、超越阶级乃至超越生死、超越时间的"爱"——呵呵，唯一没超越的是性别，那会影响它的普适性。

其实，没有人能做到纯粹的"不讲政治"，无非是有选择地讲，讲什么，怎么讲，判然有别。所谓"人性"，不过是另一种形式的政治。在当代中国的文化语境中，它往往指向20世纪乃至近代以来的革命史，通过批判革命的暴力，表达个体的悲剧，来否认革命这个所谓"宏大叙事"的合法性，并为今日形形色色的利益阶层铺路。"张爱玲热"以及《色，戒》都在这个潮流之中，只是因为影片事关民族抗日的背景,并连带出台湾被殖民的历史,导演作为大陆移民后代的微妙心态,等等,使之变得更为复杂。

在人性的华美外衣下,既有的历史叙述被一步步颠覆和消解,在它的反面,一套新的历史叙述遵循着相同的逻辑悄悄建立,并借助影视等大众传媒手段广为传播。于是我们拥有了粗蛮可爱、屡教不改的"李云龙"(《亮剑》),有了压抑阴郁、暗藏柔情的易默成(《色,戒》),革命者和汉奸都令人"耳目一新"。这类作品怎样做到了与消费文化契合无间?其内在的审美趣味和价值取向意味着什么?这正是亟须回应的时代政治。

2008 年 1 月 10 日凌晨

长江七号,一个冬天的童话

头发花白、破衣烂衫的周星驰坐在未完工的楼顶上,抱着一个饭盒吃饭。镜头拉起,他脚下是大片工地,是扩张的城市,那高度令人目眩。这是《长江七号》中周星驰的出场镜头。那份"履险如夷"而又家常的镇定,真不愧了"星爷"的称号。

《长江七号》上映前,看电影杂志上一篇周星驰的采访,大约记者又摆出了无厘头、有没有创新之类的老套问题,他回答:"就是不无厘头了,你说新不新?"

别听星爷的,《长江七号》依然充满了他特有的无厘头气质,只是脱去了他早期那种触电般的癫狂,更因为题材的关系，变得温馨可爱、妙趣横生。《长江七号》是涉及UFO的科幻电影，是老少咸宜的家庭电影，这两块招牌，对中国电影而言，才真叫"新"。《长江七号》无疑闪动着 *E.T.* 的影子，两片都是围绕孩子和外星生命展开，但史蒂芬·周（周星驰）绝不是在重复史蒂芬·斯皮尔伯格。

因为周星驰影片练的始终不是好莱坞的"正宗内功"，说不定还有点"吸星大法"的邪门，险招频出，在别人很可能一败涂地，他却能履险如夷、克敌制胜，不仅逐步确立了鲜明的个人风格，也为曾以"尽皆过火，尽是癫狂"而独步天下的香港电影延续了血脉。

比如说，周星驰影片最"危险"的地方往往是结尾。无论是《长江七号》的死而复生，还是《功夫》的如来神掌，都有某种粗糙草率的味道。很难想象一部成熟的喜剧会让小人物用这种获得神助的方式翻身得解放，斯皮尔伯格为 *E.T.* 和 *A.I.* 安排的那种甜美而伤感的结尾在剧情上无疑更为合理。但是很奇怪，过度夸张的收场放在周星驰影片里，我愿意不予计较甚至欣然接受，我把它视作港片特有的"过火"。伴随着《长江七号》响起的笑声快乐、温暖而略带辛酸，我知道自己终将看到一个童话般的结局。

周星驰的童话，明目张胆地违背现实，他把一个农民工的孩子送进贵族学校，把学校里由贫富等级造成的尖锐对立化为神来之笔的搞笑，把民工和工头的关系表现为

"打是亲骂是爱"的温暖，种种不合常理的夸张和颠覆造成了一目了然的反现实效果。周星驰的现实是一个关于电影的梦——在梦的世界里，一切皆可能，一切皆合理。同时，梦也成为现实世界在天空中的倒影，梦照亮现实，一如那个在垃圾堆上升空的UFO。《长江七号》让我感动的，与其说是生动的父子情，是草根的活泼和坚韧，不如说是一个人对电影、对幻想世界诚挚的爱。

如今，香港和内地的电影似乎正在发生某种风格上的置换或交融，比如陈可辛的《投名状》，就很像商业化之后的"第五代"。而香港电影曾经最擅长的颠覆夸张和搞笑，正在浸染内地的小成本电影（如"大电影"系列）乃至小剧场舞台。但是周星驰不属于这个潮流，他忠实于香港电影的传统，更大的投资意味着更多的尝试和创造，从《功夫》到《长江七号》，题材不同气质不同，然而一样的五彩缤纷、神气活现，充满了对本土电影的热爱和享受。这种单纯的快乐，内地导演还有几个人拥有？

《长江七号》在这个雪花飞扬然而并不诗意的冬天翻开了一本童话。可以提上一句的是，其中有一页"插图"，周星驰在自己颠覆自己，自己致敬自己呢——在我们会心一笑的时刻，春天也就不远了吧。

2008年1月29日

《赤壁》多少事　都付笑谈中

周瑜亮相，操演水军。镜头一转，有牧童横笛吹奏。但见周郎挥手，三军肃穆，凝神听曲……我旁边的观众轻声道："曲有误，周郎顾。"

我不禁感慨：吴宇森的任务多么艰巨。且不论拍摄时不断传出的波折，他要挑战的，是无数三国掌故烂熟于胸的观众。片中的周郎可以让笛声谐音和律穿山越岭，片外的吴导终于把这千古风流人物尽付笑谈中。

吴宇森为什么会拍出这样一个《赤壁》？

比如，他为什么要塑造一个骄横自负、残暴好色、绝对反派的曹操？即使那个戏曲舞台上被高度脸谱化的奸诈白脸,都没有这么简单粗暴。遑论史书中还有个忧时伤世、雄才大略的一代英豪。

再比如,他为什么要让周瑜和诸葛亮"惺惺相惜"?为什么要舍弃《三国演义》中极其精彩的"舌战群儒",为孙刘联合设置无障碍通道?

吴宇森的《赤壁》,实在不像一个"圆梦"的创造。它隐隐地闪动着一些自缚手脚的问号:外国观众看得懂吗?和《三国演义》一样不太好吧?怎么表现"兄弟情谊"?怎么加入点"现代意识"?

网上有一篇美联社的评论,"在英文字幕里,刘备这边被叫做'反叛者'(rebels),而他们的对手被称作'帝国'(empire)。"这引人联想:当曹营和《星球大战》里的"帝国"划了等号,中国历史上的三国逐鹿也就变成了美国屏幕上的正邪之争——首先要确立一个反派,失败的曹操是不二人选。吴宇森服从的,首先是好莱坞的"普世价值"。在正邪对立的前提确立后,就有了曹操的残忍下流、屠戮无辜,孙刘联军的重情重义、浪漫优雅。此外,还需要以射虎的心理疗法让孙权摆脱父兄阴影,需要一个追求男女平等的孙尚香,甚至要谨守"无床不戏"的规则,让周瑜和小乔毫无必要地激情一把。《赤壁》的现代意识,不过是好莱坞意识。如此这般,让外国人看个明白,让中国人看个"现代"。

拍商业大片,好莱坞化其实无所谓,好莱坞自有千锤百炼的叙事规律,值得学习。问题在于,正邪对立只是最粗浅的轮廓,其他技术跟不上,就成了半吊子。

兄弟情谊是吴宇森的拿手戏。但在《赤壁》中,中国历史上最著名的结义兄弟刘关张被抛弃了——除了关二爷一句惹笑的台词:"这些年鞋破了,都是大哥亲手编给我们穿"——倒是《三国演义》中的死对头、那"一时瑜亮"成了好兄弟,而且一见面就"惺惺相惜"了,一时珍爱生命为马接生,一时高山流水古琴合奏。

《三国演义》中,瑜亮斗智是贯穿赤壁之战的精彩情节,亦是孙刘矛盾的体现。诸葛亮智激周瑜、草船借箭、识破反间计和苦肉计,环环相扣,推动着故事一浪逐一浪地前进。吴宇森却为一个"英雄相惜",违背基本的叙事规律,舍弃了剧情在矛盾中展开的可能,简单地转化为一致对外。诸葛亮"你我将来可能是敌人"的"预感",反倒突出了他与周瑜的情义。孙刘矛盾在片中唯一的体现,就是宴席上刘备突兀地表示要在荆州安身,孙权以"唯有德者居之"打马虎眼,完全不合人物的身份和性格逻辑。制造矛盾与弥合矛盾,《三国演义》与《赤壁》都是虚构,高下立判。

吴宇森的兄弟情谊,终究是江湖义气。本应联手合作,但又各为其主的"一时瑜亮",不过是互扮潇洒的好哥们。家国情怀,天下志向,在他们彼此欣赏的眼神中消失无踪。曹操不过是个自掘坟墓的黑社会老大,刘备是个失意潦倒的前辈掌门，孙权是个战胜自我意图崛起的接班人。《赤壁》群英，竟然没有一个是政治人物，没有一个角色显示出政治家应有的韬略和风范，这就是吴宇森的浅——好在还是一条清浅的小溪，并非龌龊的泥潭。

《赤壁》并非一无是处，两场战争戏的设计颇见匠心。上集全讲陆战，一为乱军搏杀，一为排兵布阵，动作硬朗，气势宏大。至于那些雷倒一片的无厘头台词，就算是完成了电影娱乐大众的任务吧。

看罢《赤壁》，我愿首先温习《三国演义》的华章。那个孔明先生才不救母马养鸽子，而是风神飘洒，舌战群儒："盖国家大计，社稷安危，是有主谋。非比夸辩之徒，虚誉欺人，坐议立谈，无人可及；临机应变，百无一能，诚为天下笑耳！"

我终于明白，演绎三国，论情节，论人物，无人可以超越罗贯中，在他的框架内搬演故事，才是符合艺术规律的明智选择。

盖影片成败，是有主谋。非比求新之徒，虑深识浅，金银之巨，无人可及，绘影描情，陋态丛生，诚为天下笑耳！

2008年7月

身体在说

改造自我,从改造身体开始。比如,拥有一条像蛇一样分叉的舌头。

呵,或许你已经知道了,我要说的,是《蛇舌》、金原瞳、蜷川幸雄。

在舌头上穿孔,拧上舌环,然后逐渐增大舌环的型号,到达最大号的时候,用线缠好,轻轻一割,舌头就会断裂分叉,好似蛇信。你想要这样的舌头吗?你忍得住疼吗?

反正少女路易(她说她的名字来自路易·威登)不怕,除了蛇舌,她还要一个华丽的文身。只有疼痛,才能让她感到自己活着,感到某种程度上的自我——即使是飘浮在

《蛇舌》（2008年）
原著：金原瞳
导演：蜷川幸雄
主演：吉高由里子、高良健吾等

黑暗中无所依傍的自我。

在改变身体的过程中，路易的命运也改变了。一切从她认识了朋克少年阿马开始。路易觉得他分叉的舌头很棒，阿马就带她去见文身师阿柴。路易又请阿柴为自己文身，图案是一条龙缠绕着麒麟。

路易走在明亮的街道上，周围是父亲、母亲们带着孩子玩耍的笑脸。路易暗想，我不要这样的世界，我要在黑暗的世界里把自己燃烧。

她如愿以偿。黑暗来自阿柴，一个性虐待者。文身，就意味着路易和他的游戏开始了……

变态，是吧？而且我们通常会说，"日本式的变态"。

但是，变态，有时也并非那么简单。变态，也可能是在向人类的身体和心理边界求索。

《蛇舌》的题材是非常边缘的，主人公们没有背景，没有阳光下的生活，只有孤独的身体，他们任凭灵魂漠然地行走，竭力探索着肉体的边界，把自己供奉给黑色的体验。

金原瞳的小说原著，尽管顶着芥川奖的大名，当初并未给我留下太深的印象，倒是蜷川幸雄导演的电影，那种平稳、细腻而幽深的影像风格，犹如片中反复出现、像蛇一样缓缓蠕动的列车，总是碾过心头，难以忘怀。

当我知道蜷川幸雄生于1935年，是拥有一长串莎剧作品的舞台英豪，他导演《蛇舌》时已经年过七十，最初的惊讶很快变成了敬意。面对这样一个边缘题材，他没有丝毫猎奇和窥视的欲望，更没有老人面对后辈的说教、怜悯或谄媚，他毫无障碍地进入了少年人动荡的青春，在完全平等的位置上，把一个原本很容易造成耸动效果的片子拍得朴实、流畅而又深邃。

片中的阿马是我非常喜欢的一个角色。他是街头的暴力少年，挥拳见血，同时又非常单纯，他对路易的依恋令人叹息。阿马横死街头，路易才发现自己连恋人的真实姓名都不知道，她崩溃了，不管不顾地戴上大号的舌环，身体的疼痛不再是用来获取快感，而是为了压抑更深的痛苦……表现青春的混乱不稀奇，难得的是，蜷川导演把藏在迷惘和冷漠之下的脆弱和纯真，刻画得极其动人。

或许，创作者成熟的技艺，与日本的传统有关。在中国文学中，身体的质感似乎长期付之阙如，即使是在西潮冲击下的现当代文学，也始终未能摆脱性描写的尴尬。而对身体的探索，特别是由虐恋而生的极限体验和审美快感，却是日本文学的一个传统——至少是明治以来的传统。

游荡在东京街头，头发染成黄色，穿孔文身的路易，与100年前日本明治时代身穿和服、眉清目秀的姑娘，是有关系的。

1910年，谷崎润一郎发表了短篇小说《文身》。文身师清吉技艺高超。人们在他的针刺之下痛苦呻吟，这总是给他带来强烈的快感。经过5年的寻找与等待，他终于夙愿得偿，为一个美女文上了神奇而妖艳的蜘蛛图案。"我为了使你成为真正的美女，在文身中刺进了我的灵魂。从今日起，日本国没有胜过你的女人……"不知道金原瞳是否受过谷崎润一郎的影响，但他们笔下的文身师，那种创造的骄傲、那种施虐的心态，如出一辙。而女郎因文身改变自我，获得新的生命，思路也是如此相像。

谷崎润一郎号称"恶魔主义者"，在日本文坛影响深远。他说过："我的心在思考艺术的时候，我憧憬恶魔的美。我的眼反观生活的时候，我受到人道警钟的威胁。"今天被都会生活养育的金原瞳,还会有这样的内心挣扎吗?

无论如何,100年过去了。谷崎润一郎对感官美毫不犹豫的崇拜和追求,在21世纪已经被飘忽压抑的都市调子代替。但是,日本文艺,小说、电影,甚至动画片,最令人钦佩之处是它们总能接续上自己祖先的血脉。看上去是时代气息很浓的,甚至是很时髦的创造,可同时也是文化传统自然而微妙的延续。谷崎润一郎和金原瞳、江户和东京,就是这样隔了一个世纪,在文字和影像中相遇的。

大都会,是现代国家的中心,都会的诞生,都市环境和生活方式的形成,不仅说明在它之外产生了边缘(就像巴黎和外省),也意味着在它内部孕育了一个紧张的边缘,它属于都市文明,也以疏离的态度和这个文明对抗。

但是,中国的都市小说、都市电影,目前都是都市文明的顺从者,甚至是变相的讴歌者。

都市文化的成熟,总是伴随着身体意识的开掘,特别是女性对身体的探索,隐藏着消费的欲望,成了被刻意强调的都市风景。中国也是如此,从早年的林白陈染,到已成往事的卫慧棉棉、身体写作,到今天消费男色的耽美小说(本质上还是传统的消费女色的模式),简直令人有沧海桑田之感。

身体,特别是女性的身体,总是不能避免被消费的命运。但在这样的浪潮中,创作者依然可以选择立场。是把身体当做旗帜，去达到欲望的隐晦目的，还是把身体当做一个奥秘，去探索自我和时代的一角，不同的立场，决定了作品的诚实和力度。

和金原瞳相比，我们的身体写作还在拿身体当手段。和蜷川幸雄相比，我们的都市电影还在郊区徘徊。

2009 年 4 月

要疯狂,更要理性

中国电影在"第四代""第五代""第六代"之后还有"第七代"吗?还没有人这样命名,这样命名也太土了。不过,总是"江山代有人才出",确实有一代不同以往的电影人已经或正在走上银幕,虽然他们的整体声势还很弱,他们能够调配的资源还很有限,但他们有一个漂亮的开场——宁浩和他的电影。

"石头"之后,"赛车"继续"疯狂",《疯狂的赛车》这个片名不是宁浩的意愿,而且他显然保持了理智,在设计和制造得更为复杂精密的类型片路线上行驶(也许过于复杂了),险象环生但并没有出轨。有的电影刊物大笔一挥，给《疯狂的赛车》颁发了"新中国喜剧电影第一名"的金牌，恐怕是忽悠得太着急了，但做一名"赛车"的观众还是很享受的。从"石头"到"赛车"，也确实给中国的喜剧电影开出了一条新路。

1990年代后期以来，我们熟悉的本土喜剧电影基本就是冯小刚的贺岁片，它的笑点主要在台词（当然也离不开以葛优为代表的表演），情节则比较简单，通常只是个故事框架，用台词来充气。影片情节难以构成决定性的喜剧因素，因此也不妨视为一段段小品的集合体——这在《非诚勿扰》中尤为明显。但是"宁氏喜剧"则不同，它摆脱了小品特征，真正发挥了电影的叙事功能，情节线所具备的喜剧功能是决定性的，角色和台词则依附于故事来生长。相对于曾一统天下的"冯氏喜剧"，它是新颖的，但也不妨说它回到了喜剧电影的传统道路上——我们也曾有过《太太万岁》《女理发师》《大李小李和老李》等出色的作品。当然，宁浩的"黑色"和"疯狂"蕴含的是今天的时代特色。

"宁氏喜剧"是在与前辈不同的土壤里开花结果的，养分的来源不同。它没有"第五代"那种学院的、思想的包袱，也不像"第六代"那样受到国际电影节和欧洲文艺片的制约，它要表达也要市场，要技术也要梦想。它呼叫着快感出世，洋溢着对电影本身的热爱，作者和观众都乐在其中，这种久违的痛快淋漓的感觉最为打动人心。

新的电影将培育新的观众。不能确认，某些习惯了"冯氏喜剧"的观众能否跟上宁浩的速度，能否适应他复杂跌宕的多线叙事，快节奏、跳跃式的情节推进，严密的细节交代及起承转合，以及那些相当"黑色"的幽默。它不是《赤壁》那一类能让观众产生智力优越感、尽情调笑的娱乐片，也不是《非诚勿扰》《武林外传》那一类慢悠悠可以当段子看的小品，它要把观众拉入故事的赛道，一同飞奔向前。不过宁浩也必有一大批忠实的影迷，他们是和导演汲取着同样的电影养分成长起来的，训练有素，影片中的所有关窍都心领神会。

其实"石头"和"赛车"并不疯狂，它们始终包含着对中国电影环境清晰而理智的考量。宁浩在接受采访时说过，中国电影的投资要么过低，要么过高，"石头"和"赛车"填补的都是投资空档（300万元到500万元，1000万元到3000万元），"石头"已经是以小博大的成功范例，"赛车"作为电影投资的"中产阶级"看来也前途光明。这也是宁浩让人感到踏实的原因。他并没有让个人创作脱离体制和市场，他不依附也不闹对立，不盲从也不玩叛逆，而是在有限的条件下尽可能地学习和探索，有多少钱办多少事，追求影片的最佳效果和票房的最大利益。这样的理性、务实和精明，也许是不得不面对道道锁链的新一代电影人必要的素质。

已经有影迷忙不迭地为宁浩奉上盖·里奇、昆汀·塔伦蒂诺的标签，但是即使能看到似曾相识的桥段，谁又能否认"石头"和"赛车"是绝对本土、富有时代气息的电影呢？况且仅仅把宁浩定位在"黑色喜剧"为时尚早，谁知道他接下来要拍的"西部片"和念念不忘的"爱情片"是什么面貌呢？宁浩举起的是中小成本类型片的旗帜，这正是两极分化、一团乱战、极不成熟的中国电影所需要的，而观众和市场也给了他相应的回报。

相信在广袤的、变动的中国，在我们目前还看不到的角落，一些和宁浩一样热爱电影、心怀梦想的人正在寻找他们的第一笔投资。祝愿这一代电影人好运。

2009 年 1 月 27 日

宣传是门艺术

是鲁迅说的吧:"一切文艺固是宣传,而一切宣传却并非全是文艺。"

宣传这个词,在共和国历史上,曾理直气壮大行其道,现在却多少有点羞羞答答了,似乎它背后还隐藏着"生硬""呆板""无趣"之类的词汇,这不是"宣传"本身的错。

宣传没有什么不好,任何思想、政策、意识形态都伴随着宣传,宣传凝聚着历史的意志和时代的需要,但宣传也需要技术支撑,技术过硬,宣传品也会成为流传的经典。不信?那么我推荐一套动画片——《苏联社会主义宣传短片集》。

这套动画片,是1990年代,一对美国夫妇从莫斯科索尤穆特工作室(成立于1935年,著名的儿童影片基地)整理出来的,作品从1920年代至1980年代,宣传资本主义和美帝国主义的罪恶,宣传反法西斯,宣传共产主义的美好明天……都是宣传,立场鲜明,非黑即白。但是在我看来,它们既不生硬,也不过时。

《万福,玛利亚!》是反越战的,艺术史上最著名的圣母与圣婴的图像被动画技巧改写,叠加着战争的血泪与痛苦,凝重、悲悯,一唱三叹,高度的抒情性和艺术性。

《沃尔夫先生》描写大亨带着家人退休到一个小岛上,口口声声宣扬和平,可是岛上竟然发现了石油,和平的面具顿时被抛弃。

《黑与白》和《韦斯特先生》都是批判种族歧视的,但调子不同,一个深沉凝练,一个轻快幽默。

《烈焰下的中国》不能不让中国人眼前一亮,它表现了中国被殖民、被瓜分的历史,农村的尖锐对立以及十月革命的影响,那是1925年的作品!用动画片的形式!而且大量借鉴了中国水墨的技巧!

这些作品会因为宣传而过时吗?确实,受限于题材、艺术形式以及时代的认识、宣传的需要,它们仅仅从苏联的立场出发,从未具备历史固有的复杂性和丰富性。还是借鲁迅的话，宣传"原意是要开窗，但故意说成拆房子"，仔细地描述和装修房子，宣传一概不管。不过，这些作品依然对资本的贪婪和人类的道德作出了很本质的批判和诘问。对于今天依然在战火中挣扎的人们，对于痛恨所有不公与罪恶的人们，对于有感于人性沉浮和时代变迁的人们，对于向往更美好更正义的世界的人们，它们尖锐得难以回避，新颖得闪闪发光。

而且，这些宣传品也是艺术的、太艺术的。已经是3G动画的时代了，画面越来越鲜艳细腻，变化万端，却也越来越光滑平整、千篇一律。而这批作品却验证了先锋艺术和社会主义运动（特别是在其早期）的紧密联系，也提

《烈焰下的中国》剧照

醒我们，动画片曾有过如此各不相同的面貌，可以达成如此丰满的个性和深刻的想象——正是艺术所能带给这个世界的最美好的感受。

哦，还有娱乐性，这个时代怎么能就盯着沉重的话题和缥缈的艺术，忘掉了"娱乐"二字呢？好吧，有部1966年的作品叫《自豪的小船》，讲三个苏维埃少年，做了一艘红色的小木船，漆上"阿芙乐尔"号（对中学历史课本还有印象吧，它是十月革命的标志），将它放入大海。一个驾驶潜艇的独眼海盗（显然，帝国主义的象征）一路追击它，小木船却总是在亚非拉人民的帮助下，轻轻巧巧地脱险，驶向更遥远的海岸……幸运的小船和倒霉的海盗，多少让我想起著名的《国王与小鸟》，或者，比它还要明亮和有趣呢。依我看，要主旋律还要卖钱，集中起多少明星和行政资源是次要的，向这艘小船借一点足够聪明的红色，在市场的波涛中也能一帆风顺吧。

艺术是最好的宣传，宣传也是门艺术。在这方面，做得最好的其实并非苏联，而是美国及好莱坞。苏联人还是太直接太露骨了，美国人却早就懂得，隐蔽的意识形态更为有效，隐蔽在市场中的意识形态简直是一本万利，因为市场本身就是其意识形态的一根支柱。

但是，吊诡之处在于，随着世事的变迁，我们曾经认为是宣传而不屑一顾的，或许会显现出历史的激情、新颖的创造和沉重的内涵；我们曾经奉为艺术视作榜样的，或许不过是宣传的利器、陈旧的话语和轻浮的泡沫。其间的况味，冷暖自知。

2009 年 9 月 21 日

潘多拉星球，或潘多拉匣子

也许是报应？顶着大雪去看《阿凡达》，来补偿我对《泰坦尼克》曾经的轻视。

十多年前看《泰坦尼克》，笑倒在影院。因为它甜俗的情节和老套的煽情，也因为那时年轻和自以为是。要到许多年后，才蓦然发觉，对于21世纪的电影，《泰坦尼克》是引领风潮的革命之作，比如大投入高产出的豪华账本、技术的革新，甚至空洞苍白日渐弱智的情节和人物——虽然不愿认同这种趋势，但对于詹姆斯·卡梅隆这样敏锐的先行者，却多了一份复杂的敬畏。

再大的雪，也不足以抵消这份敬畏。

我想《阿凡达》会让绝大多数观众感到满足,除非您特别有追求,比如是文艺片非主流先锋另类的死忠,或者乐趣在于鸡蛋里挑骨头。一部片长达 2 小时 46 分钟的电影,看的时候却丝毫不觉其长,这已经很说明问题了。《阿凡达》是商业片无可挑剔的范文,且不论被大书特书的 3D、CG 技术,神奇的新型摄影机和绚目的视效,仅仅是通俗的情节、鲜明的主题、清晰明快的叙事、张弛有度的节奏——流畅的影像如水银泻地毫无滞涩,精确的分寸感就像用尺子比量过人们的观影心理——就足以扫荡近些年片大无脑、高科技低智商造成的疲劳,令人精神振奋,思绪纷飞:近的,想起《指环王》对银幕史诗的伟大创造;远的,想起 1980 年代到 1990 年代初,以《银翼杀手》《异形》《终结者》《侏罗纪公园》等为代表的好莱坞科幻片的黄金岁月。

卡梅隆对主流商业片的公式烂熟于胸:震撼的视效+简单的故事+清晰的叙事+普世的价值。即使暂且抛开一时难以逾越的技术大关不谈,后三者对于票房奏凯口碑败阵,折腾得脑满肠肥却又鼻青脸肿的中国商业片也是有点指导意义的。

从故事层面讲,《阿凡达》的可贵在于单纯。有一种另类解读,说它是一个开发商和钉子户的故事,这份调侃,中国人自然会心一笑。还是回到一本正经的表述吧——

《阿凡达》讲述了一个人如何自我改造，认同了异族文化，并和他们一起守卫家园。单纯，往往指向含义丰富的母题，《阿凡达》也是一个关于肉体和灵魂，关于复活和新生的故事。主人公杰克的人类之躯，是双腿萎缩的残废，而他以精神驾驭的阿凡达，却是遨游天地间的勇士。他第一次通过阿凡达复生之时，难以抑制地迈步飞奔，那份欢乐令人动容。

单纯，可以指向丰富；复杂，却可能失之简单。这是故事的辩证法。即使如宁浩那样丰沛的多线叙事才华，也会为故事所累。仔细想想就会发现，"石头"和"赛车"过了讲故事的关，那故事却难以留下丰富的意蕴，反不及《阿凡达》式的单纯，有更广阔的空间。

与卡梅隆的技术革新狂热和精准的叙事技巧互为表里的，是他影片主题一以贯之的主流精神。《泰坦尼克》曾经告诉我们，爱情是超越贫富和阶级、超越自然和生死的"普世价值"，《阿凡达》则把目光瞄向了当前最为时髦的人与自然、人与异族（影片中是外星的纳威人）的关系问题——傲慢、贪婪、好战皆是人类的疯狂和愚蠢，接纳、学习、和谐共生，才是道之所在。一个宫崎骏式的纯真主题和好莱坞特有的暴力色彩相互交织，成就了潘多拉星球上绚烂的幻梦——当然，这个梦其实是空洞的，因为故事和意识形态绝对"正确"，某种程度上，它什么都替你说了,也就像什么都没说一样。

虽然空洞,但是管用。我不相信什么"普世价值",就像爱情讲条件,环境讲的是政治。普世价值不过是资本主义卖钱的价值和说教的利器。但是中国的商业片想要卖钱想要口碑想要"输出价值观",恐怕也要弄出一些让人不那么反感的"价值"来包装一下,它不能是《英雄》式的和平、《无极》式的缥缈、《三枪》式的鄙俗,它可以不理会研究者深文周纳的挑剔,但要对得起普通观众的心理底线。在一个价值混乱的时代,率先提供价值范本的人将赢得掌声。

《阿凡达》应该是有史以来最长、制作最精良的3D电影了,它令那些已不新鲜的3D动画望尘莫及。卡梅隆相信,3D是电影的趋势所在。中国目前有88块3D银幕,有的就是为放映《阿凡达》新装或改造的,这一切以及可以预期的高票房,似乎都在印证他的判断。也许10年以后再回首,《阿凡达》的开创意义和卡梅隆的得风气之先,会再度令人惊叹。

但是惊叹也包含着叹息。我尊敬卡梅隆,因为他是聪慧勇敢的梦想家,他梦在时代前面,并能把梦付诸现实,再把梦变成时代之梦——但是他的美梦也许会是我的噩梦。他创造了潘多拉星球,他也打开了潘多拉匣子。他开启的道路——未必是他而是他众多并不高明的追随者,会使电影越来越成为金钱和技术的战场，电影的艺术质地会日益丧失。1990年代末以来好莱坞影片叙事才华的衰落、思想内涵的丧失，甚至中国大片畸形的状态，也许都是"潘多拉的匣子"打开以后必然的风景。

当然，中国电影充满了"中国特色"，不能透过于人。顺便说一句，《泰坦尼克》在中国保持了多年的票房纪录，去年终于被《建国大业》破了。《泰坦尼克》是划时代的，《建国大业》也是前所未有的。所以面对《阿凡达》我们也不必气馁，"中国特色"总能战胜好莱坞——至少，是在票房上。

2010年1月4日

他走了,偷走了我们的梦

8月25日上午,正按照老习惯一边吃早午饭一边看《名侦探柯南》,忽然接到一则短信:今 敏[1]去世了。

不会吧。他还很年轻呢。总有一天,他会突破日本动画宫崎骏、押井守、大友克洋"三巨头"的格局,把三国鼎立变成四通八达。中元节刚过,不要造这种谣啊。

---

[1] 今 敏是本名。据说是"见机而敏行"的意思。这个名字中文读起来很顺口,可是在日文中大约不常见。他生前颇为同胞经常读错、写错自己的名字而苦恼,并且希望写这个名字的时候,能在两个汉字之间加一个"全角或者是半角的空格"。那么至少在这纪念的时刻,我们务必实现他小小的愿望吧。

然而消息竟慢慢被证实了。

这是骤然降临的死亡。无论什么样的震惊和惋惜，也不能惊醒那最深沉的梦了。

今敏走了，就像他的镜头剪辑一般迅速、坚决、出人意料。然后他的遗书在网上公布了，他记录了自己最后时光的点点滴滴，字里行间，是平静和感恩。今年5月，癌细胞转移，他被判了死刑。他拒绝化疗，坚持在家中死去。他说："想要相信与世间普遍观念略略不同的世界观活下去。感觉拒绝'普通'这点，倒还挺有我的风格的。反正多数派当中也没有我的容身之处。"（感谢网友的译文）

今敏的影片，也不是多数派，可能连少数派都算不上——他独一无二。他没有在奥斯卡捧过小金人在柏林猎过熊，票房也不曾大卖。但是他的存在，宣告着动画片的无限可能，无论是技法、视觉，还是探索人类心灵的能力。

几年前偶然遇到今敏的作品，催生了我"反人类"的想法——就是我觉得动画电影完全可以超越真人电影，跳得更高。另外还冒出了一个自己也知道不应该的无聊念头：有点看轻甜美的、老少通吃的宫崎骏大叔了。

电影是综合艺术，不过从表演摄影到服化道都各有所本，唯独剪辑，是电影独有的艺术，是电影的生命线，所以导演死命也要得到剪辑权。今敏是剪辑之神（当然这尊神不止他一个）。他最有代表性的影片，那种奇幻锐利的剪辑风格无处不在,和他丰盈细腻得要溢出来的画面、穿梭于梦境与现实的黑色故事、饱满而富有张力的分镜头语言相得益彰。他是天才的造梦者。他的动画片,最真切地传达了只属于梦境的奇异、突兀和破碎感,以及那种无所不能的美妙和残忍。

今敏的《完美之蓝》《千年女优》《东京教父》《妄想代理人》《盗梦侦探》,每一部都可以长篇大论吧。想避重就轻地回顾一部不挂在他名下的作品——大友克洋的《回忆》三部曲之一:《她的回忆》(*Magnetic Rose*)。

初看的时候我很惊讶,这是大友克洋的风格吗?为什么从画面到故事,和他从前的作品、三部曲的后两部如此不同?等到片尾字幕出现,我看到了今敏的名字,他担任脚本和美术设定。显然,《磁性玫瑰》深深地烙上了今敏的色彩,是《回忆》三部曲中最夺人心魄的。什么样的才华,能如此不露痕迹地把福克纳的著名短篇《献给艾米莉的一朵玫瑰》化为科幻作品,搬到浩渺的太空中呢?甚至多少还能从中寻觅到传奇女高音卡拉斯的人生悲剧。难以磨灭的记忆和欲望,超越了短暂的肉体,化身为重重叠叠、万花筒般的梦幻,最终建立了一座庄严而诡异的纪念碑——宇宙中一朵盛放的玫瑰。那时,今敏不过29岁,已经把悬疑的故事、分裂的人性、惊悚的情境掌控得非常纯熟。他用最绚烂的色彩,描绘了梦境深处才有的黑。

今 敏走了。在将要或已经攀上巅峰的时刻离去，他永远不用面对创作力必然衰退的暮年。在他留下的剃刀一样锋利、舞会一般华美的梦境中，他永远年轻，就像《磁性玫瑰》中那个女高音，吸引着后来者难以自制地向他的幻梦中坠落。

今 敏走的时候，带走了什么样的梦？如果真像是枝裕和的影片《下一站，天国》描绘的那样，人间与天国有一个拍摄电影的中转站，那么，希望今 敏拍下他的梦，或者留在那里继续做电影吧——或许有一天，我们也能进入他的梦和他的电影，让那个平淡、温馨的中转站高速旋转。

2010 年 8 月 25 日晚

后　记

空荡荡的舞台上,有两个家伙在骂架。

> 弗拉基米尔:窝囊废!
> 爱斯特拉冈:寄生虫!
> 弗拉基米尔:丑八怪!
> 爱斯特拉冈:鸦片鬼!
> 弗拉基米尔:阴沟里的耗子!
> 爱斯特拉冈:牧师!
> 弗拉基米尔:白痴!

然后,爱斯特拉冈发出了"最后一击"——"批评家!"弗拉基米尔立刻认输。没有比这更具杀伤力的词汇了。

在《等待戈多》中,贝克特代表所有的创作者,嘲笑了评论者。不过,我倾向于把它看做一个玩笑。像他这样的作家一定明白,创作和批评,只是领域的不同,能在巅峰闪耀者,皆是稀有的宝石,就像契诃夫只有一个,本雅明也独一无二。

然而评论确乎是可厌的,或者说是可怜的——即使不谈作为营销手段的评论及其操作系统,也回避微博的喧哗、网络的民主和暴力这类巨无霸话题,仅就文艺领域的"独立评论"而言——它陷入了某种荒谬的境地,脱不了自说自话的嫌疑。而且,无论说什么,无论点赞还是唱衰,都不会对当前的创作水准有分毫影响,多半是供媒体填充版面、让网站增加点击罢了。这是一个没有人要听别人说话的年代,创作者和批评者都是孤独的,而且把孤独当成了光环。在这个意义上,依托于他人作品的评论,"独立"了,但对原作、作者及其身处的时代,本质上都无能为力也无足轻重——当然,慎重起见,我们永远要把少数闪光之作排除在外。

因为观看作品的热情渐渐丧失,也早已确认了自己并非珠玉,对评论的态度就渐渐虚无,并开始懂得,"闭嘴"乃是人生必要的修炼。然而在媒体工作的积习,还是存留下一些文字。回头一看,它们竟铺成了我的来时路。

"向之所欣,俯仰之间,已为陈迹,犹不能不以之兴怀。"自恋之心犹存,旧文亦不忍扫除。蒙北大培文丁超兄、陈轩兄厚爱,得以把散落在各家报刊上的文字,筛选一过,修订一回,辑成这本小书。这些文章,或为应对稿约，或为奉命之作，但表达的都是我自己的意见，没有一篇背后藏着剧组的薪俸或人情。要特别感谢的，是彭伦先生，没有他和《书城》杂志的鼓励，我攒不下那些观剧的感想。

北京的剧场，大大小小，越建越多。有的藏在豪华写字楼深处，起个很文艺的名字，其实就是个礼堂，更适合开会和放电影。我曾是剧场的常客，如今去得少了，对剧场的喜爱之情却没有改变，无论它们是大是小，是豪华还是简陋。剧场是个具体的所在，但似乎又有一点抽象的感觉，像某种异次元空间，能被那闪烁着微光的黑暗吞没，是很幸福的事。一旦爱上剧场内的黑暗，即使面对一出烂戏，也能心平气和。无论如何，最终是灯亮，掌声涌起。散场后，随着人群走出，会觉得外面空气的味道，不一样了。我记得那些温柔或凛冽的味道，有时候比对戏的记忆更清晰。

盛筵必散。然而散场并非终局，因为新的观众，已经在剧院前排队，等候入场了。

2013 年 10 月 7 日

图书在版编目（CIP）数据

散场了/尚思伽著.—北京：北京大学出版社，2014.11
ISBN 978-7-301-25013-6

Ⅰ.①散… Ⅱ.①尚… Ⅲ.①文艺评论－中国－当代－文集 Ⅳ.① I206.7-53

中国版本图书馆 CIP 数据核字 (2014) 第 241900 号

书　　　名	：散场了
著作责任者	：尚思伽　著
责 任 编 辑	：丁　超　黄维政
策 划 编 辑	：陈　轩
标 准 书 号	：ISBN 978-7-301-25013-6 / I·2828
出 版 发 行	：北京大学出版社
地　　　址	：北京市海淀区成府路 205 号　100871
网　　　址	：http://www.pup.cn
新浪官方微博	：@北京大学出版社　@培文图书
电 子 信 箱	：pkupw@qq.com
电　　　话	：邮购部 62752015　发行部 62750672
	编辑部 62750112　出版部 62754962
印　制　者	：三河市国新印装有限公司
经　销　者	：新华书店
	660 毫米 ×960 毫米　32 开本　8.5 印张　154 千字
	2014 年 11 月第 1 版　2014 年 11 月第 1 次印刷
定　　　价	：32.00 元

未经许可，不得以任何方式复制或抄袭本书之部分或全部内容。
版权所有，侵权必究
举报电话：010-62752024　电子信箱：fd@pup.pku.edu.cn